生活，总会给你答案

七月娃娃 著

生活会给你想要的答案

大学的时候，我没有跟同班同学住在一个宿舍，而是跟别的专业的同学住到了一起，属于自己最美好的时光里，我错过了那些缤纷的相聚，又因为不多言和慢热，渐渐远离了同班同学的群体，开始了自己真正意义上特立独行的时光。那时候，“特立独行”并不那么光彩，是孤僻和不合群的代词。

逃课、失踪、熬夜、独自旅行不告诉任何人……这些现在看起来觉得非常可笑的行为，主宰了四年的大学时间。小时候爸爸管我严厉，在同学眼里我是一个不好约的人，是个到点就要回家的乖孩子，是老师眼中的三好学生，也许是少年时期被压抑的自由，在不受管束的时机里正好得以爆发，幸好，在那种什么都想与众不同的思想的引领下，我如期完成了学业，如期地毕业了，在大学即将完结的时间里又回到了正轨，找到了当时让无数人羡慕的“大学教师”的职业，告慰了传统的父母一颗望女平安过一生的心。

在拿到了部门优秀员工奖项的那一年，最疼我的爷爷去世了，在我仍沉浸在悲痛

即便是在面对很多艰难的琐碎人生事的同时，亦会在夜里为一个小小的美梦而偷笑，一切的一切，生活会给你想要的答案。

之时，部门领导给我电话催促数据上报，言语之中并无节哀顺变的安慰，我第一次挂掉了领导的电话。从那时开始，心底被按住好几年的那个小灵魂又被激活了。我开始不再按要求办事，开始找各种理由不出席宴会，不敬酒也不喝酒，不给部门领导送礼物，也不违心地请不喜欢的同事吃大餐……直到有一天，我终于递交了辞职书，在大家看来完全不理智的行动，却又在万般佩服的眼光中离开了工作多年的单位。

当然，一切的安排并不是如我想象般美好，没有长远的职业规划，亦没有对自己的特长个性做一个定位，在很长时间里，我游走在职业自媒体与专心创作中，最后依然是一条失去了方向的鱼。因为慢热的个性我不善于去做更多讨好他人的事，得罪人经常在不经意之中。有一段时间里接二连三地参加活动，成了别人眼中下了飞机又上飞机的空中飞人，然而我并未在此间找到乐趣。当我又坐在餐桌上犹豫着要不要给前方的客人敬酒的时候，心底为自己感到悲伤难过，当初不顾家人朋友劝阻一心想做自由职业，不就是为了不用喝自己不愿意喝的酒吗？

思索良久，告别了日积夜累的人气，跟自己的某一段过去来一场彻底的告别，这种告别有点决然，甚至比当初抛下事业单位铁饭碗更加坚定，只是这一次改变并没有告诉任何人，有时候沉默会有一种意想不到的力量，因为自己心里明白，所有的一切都不会有人去帮你担当，除了你自己。开始减少参加商业活动，有一段时间里几乎不出门，跟着老师练习书法和画画，去欧洲，去撒哈拉沙漠，去自己曾经想去却未获得邀请的地方，然后在很长一段时间里只字不提，所有的经历和故事只在心中酝酿，没有功利，只为让心沉静；把当初丢下的摄影也用心钻研起来，虽然一直都游走在业余边缘，但用心往往会让自己的努力不再付之流水。

然后，我又开始了独自旅行的日子，属于自己的旅行，不需要时刻告知别人自己所处何地，不需要违心地发布广告，亦不需要赶行程，甚至可以随心所欲选择自己喜好的地点。这让我感受到无与伦比的自由感，因为这种自由，灵魂得以释放，心境便更加开阔起来，经常看我的文章和图片的朋友，都会在我这种转变下看到了变化，那种好高骛远的想法和平淡的心境的对比，在面对人和面对事物上，都是判若两人的心态，这种心态驱使我，有了更多关于自己何去何从的坚定。

从小时候的乖巧，到青春时期的叛逆；从一成不变的轮回的工作，到为了求得变化而辞职的毅然；从哗众取宠去备受关注，到我只愿意做我想做的坦然……这一路走来，似乎都在跟我证明一个道理，生活才是万物的源头，当你听从于它的召唤，你所有的意念为之驱动，那些远大的理想会被抛弃，归顺于内心的都是一些细小而温暖的平凡之事。

这一年，我又开始计划自己的旅行，可能走得不远，不过是远足采花一次，可能走得很远，到非洲到南美洲到南极和北极，内心是怎样想，就去做，不违背自己的意愿，哪怕是出门爬一次山，都是愉快的。而所谓的梦想，当你赋予它梦想的时候，也许，它只是晚上妈妈做的一碗甜甜的糯米粥而已。做出一些决定，确定了自己的方向，有生活一直在指引前行，突然发现：即便是在面对很多艰难的琐碎人生事的同时，亦会在夜里为一个小小的美梦而偷笑，一切的一切，生活会给你想要的答案。

七叶之女
2017.3.1.

目录

CONTENTS

PART 1 行走 像恋人重逢般美丽

PART 2 温暖

做个明媚的人，清澈地生活

目录
CONTENTS

PART 3 时光

我想我会再遇见你

PART 4 勇敢

好好努力，变成自己想成为的人

PART 1

像恋人
重逢般
美丽

将身体和灵魂美好地停驻在路上，在最好的风景里遇见最好的自己。

这是要诗和远方的最好旅行。

年华种种，唯有在行走中，永远不老。

有一种生活，叫暂住别处

you yi zhong sheng huo , jiao zan zhu bie chu

大学毕业后我在城市里寻找出租屋，跟很多人一样，过着蚁族的生活。

那时候，没有找到工作，身上的零花钱是父母给的，偶尔会有一点兼职的收入，应付房租还是很吃力，所以常常选择城中村的平房或者闹市区里别人住家隔出来的小间。不过，我很喜欢那段流离失所的日子，若是没有过过那样一段生活，我根本就体会不到生活的不易。

因为工作不安定，所以租的房子也会跟着工作而变动。

我特别喜欢能走路去上班的感觉，那种轻松自在，胜过一切金屋银屋。后来回忆起那段时光，心里多了一些留恋。自从买了房子之后，生活的范围几乎就固定在 200 米以内，不能说这种安定的生活不好，只是生活中少了冒险和探究之后会变得枯燥无味。有时候，办事经过以前租住过的地方，看着阳台上的三角梅开了，会想起邻居那只过来串门的可爱猫咪。只是不知道它现在是否还在。随着时光的流逝，有些曾经住过的城中村自建房，已被拆得面目全非。走在焕然一新的路上，心中会兀自生出一份怅然来。

后来我爱上了旅行，几乎每个月都会有几次外出。

后来回忆起那段时光，心里多了一些留恋。

我像很多人所羡慕的那样，拖着行李箱，从这架飞机下来，又奔赴下一趟。频繁变换目的地确实让我长了不少见识，也积累了很多经验。在这来回的奔波中，我会突然想起以前住出租屋的日子，那时候很年轻，对所有新鲜事物都趋之若鹜，房子周围的小吃摊基本上每晚都会光顾，哪家的生滚粥好吃，哪家的炒花甲入味，都了如指掌。在中大北门住的那会儿，楼上还住了一组乐队的同学，后来我加入了他们的演唱，还曾经在珠江边上唱过几首流行歌曲。

或许正是这些经历，让我毫不犹豫地选择了不安分的生活，辞职，然后行走。

有一段时间为了写越南的书，我前后去了六次越南，旅途中花的精力和费用远远超过预期。我也反思过自己，这样做值得吗？后来看了一些书，比如提到湘西，我们会想到沈从文；提到绍兴，我们想到鲁迅；提到张爱玲，我们想到旧时的上海滩……他们都不是旅行去到了那些地方，而是真真实实在那里生活过，所以笔下的文字才充满了生命力。由此，心里也就释然了。

找到一个跟自己气质相符的地方，住下来。

这个地方一定要有符合你审美观的特质。

唯有喜欢，才能让人的信念持之以恒。

也许，我们终究有一天要离开故乡，去到别处落脚；也许，我向往的旅行并不是不断变换着目的地，而是找到一个跟自己气质相符的地方，住下来。

这种住下来的感觉，无异于在一个陌生的地方开始新的生活，所以，这个地方一定要有符合你审美观的特质。比如之前提到的越南，有人觉得它乱脏，但我却喜欢它杂乱无章背后的生动真实。

唯有喜欢，才能让人的信念持之以恒。

也许，现在那里已经不是我当初看到的模样。然而那一年我曾经花时间在那里生活过，跟当地人一样每到夜晚就出没在大街上，跟三五好友携一瓶西贡啤酒或一杯滴漏咖啡，再加一碟焦香的炒瓜子，坐在矮凳上度过每一个夜晚。我的第一次中暑也献给了越南，那种头重脚轻在会安街道上飘走的回忆，没齿难忘。若非在一个地方住下来与它日夜厮守，何来这样的刻骨铭心。

辞职之后，我的生活更加自由，想要偶尔暂住别处的想法也越来越强烈。

旅行的时候去的一些地方，三五天走马观花就离开了，这样体验对于健忘的我来说太浪费。上天赐予我与一个陌生之地狭路相逢的机会，而我终是过客。

有一个朋友，他在浙江的一个山里开了一家客栈，每年都会有三分之一的时间住在山里。而作为一家大型旅游媒体的编辑，也免不了全世界到处飞，然而心安之处才是家。提到自己在山中的生活，每天听虫鸣，看云雾，跟很少的知心人来往，仿如神仙，这才是他的自豪之处，而那些所谓的曾到过的多少多少个国家，都不过是过眼云烟。

我想，既然生活自由没有牵绊，何不尝试这样的生活。

寻一处安谧之地，暂时过一段跟当地人一样的日子，也许没有霓虹闪烁，没有壮阔的风景，没有人与人之间的互捧和虚荣，只有清茶淡饭、乡亲邻里、半亩良田，过半个月也好，过半年也罢，这个地方或许不用太远，又或许只是回了一趟故乡。

说这样太理想，但是不然。

试着想一下，是不是大多时候是你不愿意腾出时间来放空自己，因为你宁愿把年假用在奔波劳累的欧洲几国游，也不愿意花这些时间看一本好书、学一门技艺，甚至好好跟家人相处一阵子。

我们都在尽力让自己的人生丰富多彩，却未曾想过，平常才是生活的全部。

也有年轻朋友会说，你是老了，生活没有激情了。

有一天，当我们像谈起自己居住的城市那样谈起这个地方，说起我在那里住过而不是我去过那里，心中是不是多了一种更深沉的理所当然的热爱呢？

当薄荷
爱上糖

dang bo he ai shang tang

我想，至少应该在去了无数次欧洲之后，才会轮到北非摩洛哥吧，但是生活总是有各种可能，这一次就那么幸运地遇见了，然后坐在喜欢的人身边，茫茫沙漠里看日月星辰，让梦一样划过天际的流星，落在手中。

而当薄荷遇上糖，那种人间滋味的各种可能，又再涌上心头。

摩洛哥的味道，到后来竟然演绎成只要坐下来点茶就必定先跟服务员打招呼，“no sugar no mint”，这句话几乎成了我和同伴的口头禅。但是即便是一杯已经再三强调不要加薄荷不要加糖的茶端上来之后，一口呷下去，那熟悉甜腻的味道仍然若隐若现，像幽灵一样挥之不去，可见这两样东西已经在摩洛哥人民的生活里扎了根，而我们就有点像吃面包不涂上黄油或果酱一样，是来自外星球的不懂生活情趣的访客。

卡萨布兰卡是一座浪漫的城市，所以当我坐了将近 24 个小时的飞机抵达这个大西洋沿岸城市的时候，酒店里彬彬有礼的服务员端上一杯带着薄荷清香的热茶，让我顿时把对机场外面围着拉客而吵架的司机的埋怨忘到了九霄云外，疲倦也随之而去。

卡萨布兰卡是一座浪漫的城市。

摩洛哥人民对薄荷和糖的热爱是可以理解的，由于经济不太景气，人们的生活相对艰苦，薄荷茶叶能让人提神，而糖的甜蜜则让人暂时忘记了吃过的苦头。我在摩洛哥的第二杯薄荷甜茶，是在酒店听音乐和看肚皮舞表演的时候喝到的。酒保当然为来酒吧不喝酒的来客感到万分头疼，对于到咖啡店点茶，到酒吧也点茶的作风我屡次不改，这种习惯也有人能包容，于是在灯光昏暗中我们听着像祷告语一般让人缓缓想入眠的摩洛哥音乐，要了一壶印象中能解忧的薄荷茶。用来盛摩洛哥茶的是一个银质的茶壶，倒茶的时候很费功夫，服务员必须单手端住托盘，然后另一只手高举茶壶，让茶从高处倒进杯子，杯子里的茶水起泡，再恭敬地端给客人，那一晚，品着茶，我们沉浸在绕梁三日不绝于耳的摩洛哥靡靡之音和肚皮舞娘妖娆的身姿之中。

我是一个无汤不欢的食客，一顿饭可以没有主食，但是绝对不能少了一碗汤。广东人煲汤很讲究，一煲不超过两个小时的汤根本不能叫汤。当一盘紫菜蛋花汤也无以解救我的胃的时候，一碗根本不能叫汤的哈利拉却挽救了我这个出门在外的广东人的食欲。这种叫哈利拉的摩洛哥美食制作复杂，里面包含了一切可以饱肚的食材，豌豆、鸡蛋、粉丝、西红柿、红萝卜……摩洛哥的美食创造者们恨不得把所有有营养的东西都展现在这一碗汤里，据说摩洛哥人民在过斋月的时候由于白天不能进食，每天就靠早上的一碗哈利拉来保持体力。如今看来，对于一个女孩子来说，一碗哈利拉绝对足够保持一天的体力。对摩洛哥大馕饼情有独钟的伙伴，几个大馕饼就着一碗浓浓的哈利拉就足以填饱他那一定要准时喂饱的矫情的胃，这对长期在外三餐不定的人来说也是一件极其安慰的事。

说到摩洛哥的大馕饼，我不费点笔墨确实有点对不住这半个月所受到的“折腾”。我的三个同伴，两个是地道的摩洛哥人，一个对这种大馕饼情有独钟，看着他们埋头嚼着手中那烤制得焦黄的嘎巴，心想咱们大抵不是来自同一个世界的人。

后来我发现，这馕饼没有肉汁是根本吞不下去的，所以，为了手中那块饼，你不得不点一堆的沙拉，点几个汤汁流油的肉菜，而像我这样点一碗汤吃了半块饼的中国女人，就是被送来这里当人家四老婆也是会被啧啧嫌弃的。

摩洛哥的青橄榄，是摩洛哥沙拉的最主要的一部分。跟其他地方沙拉的不同之处在于，摩洛哥人把做主菜的功夫都用在了做沙拉上了，于是颠倒乾坤，沙拉做得丰富多彩，主菜却单调极了。记得我们在菲斯古城一家客栈吃第一顿正宗摩洛哥菜的时候，一道道依序上来的摩洛哥沙拉简直把我们惊到了，生菜、西红柿、黄瓜、小红萝卜、绿油果、茄子等用橄榄油或黑醋调拌，这沙拉全部上来，就已经占去了整张桌子。味道也令人大赞，有些菜腌制成泥状，跟西红柿，洋葱配在一起，吃起来鲜而不腻。

每个人都不可能喜欢上世间的每一种味道，我们只能对某一样情有独钟，而其他浅尝一下知其味便作罢，至于未能接受，也不过是走过路过不要错过的一种体验而已，无须强迫自己。

摩洛哥的沙拉多种多样令人眼花缭乱，主食却异常单一。

之前提到的柠檬鸡肉算是一种，除此之外还有羊肉配葡萄干，牛肉丸配鸡蛋西红柿，沙丁鱼丸配西红柿酱等等。

在摩洛哥，你会看到满大街的餐厅门口都摆着一列做成小丑帽子式样的陶罐，这种陶器就是摩洛哥主食坦津的制作器皿。这种倒扣着的陶制品，力求把里面的食物做得稀巴烂。所有调料腌制好之后，便放在陶制罐子里焖上几个小时，肉汁完全渗透。摩洛哥朋友们喜欢点一个坦津，把手中的面包撕开，沾着里面的酱汁吃，我为了不爆肥总是会有节制地浅尝辄止。同行的三个男人的吃相或斯文如绅士，或狼狈如乞丐，总之不是我随便找到一个词能形容的。大概在美食品种不够多的摩洛哥，这样一种美味无比的创造，已经让他们沉醉其中无法自拔。

最后，我想说说自己在摩洛哥唯一一次吃米饭的经历。那日去 Meknes 的路上吃午餐时，我兴致勃勃地点了一个国菜.库斯库斯。我为那静静地躺在肉下面甘愿被凌辱的无力反抗的小米感到可惜，就好像他们真的无法跟肉相

美食是一次巧遇。

爱一样，那流着汁水的肉无论如何也感动不了小米的心，导致小米从最底层被勺子捞起来，吃起来的味道仍是如同嚼蜡。这对于一个自称是吃货的人来说是一件很悲哀的事情，当你不能用当地人的眼光和文化去品尝一道菜的时候，你的味蕾基本上已经被锁定了。然而，我感叹的是每个人都不可能喜欢上世间的每一种味道，我们只能对某一样情有独钟，而其他浅尝一下知其味便作罢，至于未能接受，也不过是走过路过不要错过的一种体验而已，无须强迫自己。

甜品，是不能再吃的，一看那做法便知是使劲加了糖的。形象一点描述，就是有过牙疾的人，一看到那用糖裹起来的点心，牙齿就会不由自主隐隐痛起来一样，里面的芝麻馅花生馅更是足以把一颗好牙活生生融化掉，让人想起来都不寒而栗。

环游了一趟摩洛哥，我们重新回到菲斯，回到第一天抵达菲斯时 Simo

带着我们转了几条街道才找到的一家烧烤店。不管柠檬鸡肉多么诱人，也不管坦津牛肉汤汁多让人难以忘怀，让我们走了 2000 多公里路，仍然顾不上长途跋涉的劳累还想再去的地方，竟然是这家看起来毫无特色，就在路边摆几张桌子，任着旁边血肉模糊，隔壁硝烟弥漫，甚至冒着小雨还要坚持去吃的烤牛排店。

我们让 Simo 吩咐厨房千万不要像上次那样把牛肉烤焦了，但事实上，即便是再次烤焦了，那一盘如炭一样的牛排，沾上汁之后，仍然是我们的最爱。就着在 Matina 小店里买来的腌制的青橄榄，再加上 Simo 父亲亲手做的烤青椒，这一顿加了情分在内的最后的晚餐，成了这一趟摩洛哥之行中，最温馨最美味的一餐。

美食是一次巧遇，而感情确实很难把握的。当我近日从遥远的摩洛哥收到消息，看到 Simo 拉着新娘的手，幸福地坐在婚车上，回想起四月份那趟旅行，心中激动万分。那天我们在马拉喀什的大排档，问 Simo 如果见到女朋友能做什么？可以拉手吗？可以接吻吗？他有点懊恼但纯真的回答，让我顿时体会了爱之所在，他说：“Only looking。”

睡过的
一张张陌生的床

shui guo de yi zhang zhang mo sheng de chuang

在旅途中睡觉是一件天大的事情。很多人无法理解我经常出门的生活，大概就是纠结于“你是怎么在外面睡得香”这个问题。

其实，睡觉真的是一门很深的学问，上至国家领导人下至平民老百姓，睡得好才是真正幸福的生活。再没有比沉沉睡了一觉醒来精神饱满更觉美好的事了。

按照常理，旅行原本是与平常生活相对的一件事情。旅行要的是变换，日常讲究的是规律，而睡觉，对于很多人来说，则是一件充满了规律的事情，正如一日三餐，无法颠倒。

我的睡眠不是特别好，是那种一遇到事情便会放在心里的人，但是唯独在旅途中从来没有失眠过，所以当在生活中遇到麻烦的时候，旅行确实是我的解药，是我的安眠药。因为旅途的疲惫以及对陌生环境的不确定性，在睡觉的时候反而没有了太多的负担。倘若心里还有牵挂，便干脆走出酒店在陌在生活中遇到麻烦的时候，旅行确实是我的解药，是我的安眠药。

生安静的街道走一下，看看街角的烧烤店里温馨的买卖，听一听士多店里播放的熟悉的电视剧的主题曲，然后告诉自己，这一趟旅行，又是一个全新的自己，再回去躺倒在床上，一切都已安然。

我想很多时候，收获满满是旅途中能安睡的一个很重要的原因。

一天忙碌下来，拍到了想拍的照片，采访到了想要的素材，一天中没有多少闲暇无聊的时间，非常充实，到了夜晚，一切睡意开始就绪，这一天没白忙活，可以睡个安稳觉了。反而是一些度假的旅行，晚上会独自躺在异乡的床上睡不着，这是因为一天脑子一直处在空白状态，未曾运转，自然空虚无聊到不知困意。

刚开始的时候，我也会学同事们做一些“伪洁癖”的事情。那时候对旅行没有概念，只是单位的福利，每次出行我都会在行李里增加一床被单，不过那时候还不玩摄影，没有沉重的摄影包，更没有各种数据线占据旅行箱的空间，旅行中连用手机拍照的兴趣都没有，脑海中的记忆全是听音乐大桌子

每次一个人出门的时候，就会希望旅馆给我提供这样一个小而简单的住处，它能用狭小的空间包容我孤独的身子，当我坐在灯下写字或者看书的时候，灵魂能在整个空间里游荡而不会飘到窗外去。

吃饭喝酒以及说不完的家常八卦事。那时候单位喜欢跟团旅行，住的酒店大都是三星标准招待所，旧式的简单家具和远看干净近看总是泛黄的床单，所以当自己的床单铺上去的时候就有一种特别的安全感。

后来，这个程序简化到只带枕头套，因为行李箱要腾出空间来装各种镜头和插座了。再到后来什么也不带，大概是破罐子破摔以及习惯了陌生床的缘故吧。

住过众多酒店，遇到过无数陌生的房间和陌生的床，有时候躺在床上会想，刚刚离开的那位客人，躺在这张床上，做了一个什么样的梦?

我不太喜欢高级酒店里冰冷的白色床单，反而对客栈里蓬松的彩色床单喜爱无比。其实住什么样的酒店更舒适，跟个人当时的心情有很大的关系。

前两年很喜欢折腾，旅行的时候爱尝试住不一样的酒店。

比如去清迈的时候，我便每天拖着箱子变换酒店，去了多少天就换了多少家，那时候对新鲜事物的好奇心非常强烈，觉得每一家风格不同的旅馆都是当地一道独特的风景，甚至觉得偶遇旅馆里的一只猫都是不可多得的旅行珍藏。后来就累了，更愿意待在一个地方，睡同一张床。更直观地说，是自己旅行的态度在不断改变，以前喜欢漂泊不定，每一个地方蜻蜓点水地走过，现在更愿意在一个地方停留。已经沾染了自己气息的酒店里的床单，似乎也基本满足了要求，每次离开，都会忍不住拿出相机拍下睡过的那张床。

这么多年，我最喜欢睡小小的床，木床更好。每次一个人出门的时候，就会希望旅馆给我提供这样一个小而简单的住处，它能用狭小的空间包容我

雪白的床单，对于健康越来越不自信的人来说，也成了一种小小的安慰。

孤独的身子，当我坐在灯下写字或者看书的时候，灵魂能在整个空间里游荡而不会飘到窗外去。正因为这样，我特别喜欢小阁楼那样的小客栈，楼下的客厅可以暂且招待一下朋友，阁楼上的榻榻米设计会让人非常期待睡前的阅读时光，又或者是开着灯看着午夜电影睡去，然后半夜被声音和刺眼的灯光吵醒，起身去关灯关电视，揭开窗帘，能看到屋外一盏明亮的街灯仍旧开着，照着只走过几次却非常熟悉的道路……然后再卷入温暖的被褥中，入眠重新做一个美梦。

人总是变化和矛盾的，很多年前，当我还年轻的时候，刚开始做一些关于远方的梦时，设计独特温馨的客栈成了旅途中的亮点，我会为了这样一家在旅游网站无法预订到的客栈，打很多电话，然后提前汇款预订，即使客栈住起来并不如想象中的那样好，设施跟不上，环境也嘈杂，但是过后还是会为它的亲切和文艺点无数好评。后来，慢慢就变了，有钱的时候自然要住星级酒店，没钱的时候也宁愿入住连锁经济酒店，毕竟酒店的管理规范，投诉有门，雪白的床单，对于健康越来越不自信的人来说，也成了一种小小的安慰。

常忆起，第一次出门时入住过的旅馆，那是金华诸葛村的一栋 500 年的老房子。房间是一张老式的木床，那一晚床单被子似乎都没有换，房屋主人诸葛奶奶收了我们 20 元钱，我与同伴躺在床上，看着伸手不见五指的房间，聊了一夜。这样的体会，大概不会再有了。而今，孜孜不倦地对旅途中陌生的床铺有着依赖，对陌生环境的适应愈发从容，就好像自己的人生得以从零开始一样，存在着无数的可能。

有一种境界，越平凡越快乐

you yi zhong jing jie , yue ping fan yue kuai le

这些日子有点困惑，从参加美国旅行活动回来，疲惫不已，有种“再也不想去旅行”的想法。为了表示决心，也确实消失了一段时间，就像一些创业失败的人和处于人生困顿期的人一样，去山中“修炼”了一段日子，才再出来行走江湖。

在我真的停下来思考了之后，才发现，这种想法，貌似顿悟实则逃避，更像是空谈。

那些时日里，我坐火车去了一个离家很远的城市，除了父母，没有告诉任何人我去了哪里。当我不再在公开平台发表“我的去向”，突然有了一种解脱般的痛快。

这次出行，我只带了一套换洗的衣服。

我住在城市中心的一家酒店里，一边啃着葱烤排骨，一边看《图说鉴茶喝泡茶》，饿了，就到楼下喝了一杯丝袜奶茶，吃了一个菠萝包，顺着电梯当我不再在公开平台发表「我的去向」，突然有了一种解脱般的痛快。

到楼顶看了一场据说是烂片的《道士下山》。

看完《道士下山》，我给一个创业的朋友发了一封邮件，冠冕堂皇地给他们布了一个道，我说，《一代宗师》里说到功夫有三重境界，见自己、见天下、见众生，而拍电影和创业也正如此，陈凯歌在《霸王别姬》里"见自己"成功了，接下来"见天下"的《无极》和《道士下山》却成了烂片，归根到底，是在三重境界里徘徊，始终未曾抵达见众生的最高境界。话说，从见自己到见天下，是境界的提高，比如陈凯歌的这些作品开始高傲霸气自以为是，从见天下到见众生，境界似乎往下走了，若是更谦卑和自然，反而能抵达成功的彼岸，由此可见，只有把自己低到尘埃里而不是飘浮在空中，失手的概率才能降低。功夫如此，拍电影和创业亦如此。

后来，我还讲到了我们的旅行和摄影。

——是不是，也可以借鉴这三重境界。

见自己。旅行的目的是为了放松身心开阔眼界，娱乐自己。当你自诩为一个摄影师，去嘲笑别人的自拍随意、低级的时候，是不是也该扪心自问一下，别人不过是为了娱乐自己，做自己喜欢的事情罢了，何必从刁钻的角度去挖苦别人呢？或许人家有自己擅长的东西，在摄影之外，甩你几条街也说不定，他们以旅行和摄影作为生活的“调料”，实则是一种积极向上的生活态度。

见天下。当你的旅行上升为“旅行家”的姿态时，可以称之为见天下了。这种状态，无疑是很多人认为的最佳状态，去过很多地方，拍了很多照片，于是被封为“旅行家”“摄影师”，说话和做事总喜欢采取俯瞰的姿势，一副高高在上的样子。我也曾经在这样的状态中待过，觉得自己不可一世，享受着被很多人仰慕的虚荣。喜欢端着一杯鸡尾酒坐在豪华游艇的吧台里，告诉别人：“瞧瞧，我的生活多么丰富多彩，你们，快来羡慕妒忌恨我吧”。只是有一天，突然厌倦了这样的生活，我实在不想再伪装自己，今天住五星级酒店明天坐豪华邮轮，拍各种各样的应景照片，都不过是为了兑现某些报酬而已，一点也无法享受旅行带来的乐趣。我宁愿回到当初旅行“见自己”的阶段。

再说到摄影，亦是如此。

从见自己到见天下，对于摄影来说无疑是境界的提升。但是摄影的技术，就算学到最高课程，却未必能有更多突破，为什么呢？因为技术总是在不断改进和提升，正如这世界一样，处于不断的变更替换中，已经很难凭借技术去获得更多的造诣了。对于摄影我是“门外汉”，也只能发表一点拙见。

最后，想到功夫的最后一个境界，见众生。

见众生，也就是去除“我”的存在。这也是我当时想要取消一切冠名的反而，一些带着平常心的体验，最能让人觉得赏心悦目。

初衷，回头审视自己的旅行，写出来的游记和攻略，是不是真的对大众是有用的；提到的很多赞助酒店和户外用品，看到的朋友们是不是支付得起？当然，我不能低估大家的消费能力，也不能把自己作品的受众限制了，但我不得不承认，我的目的是给自己上一个光环，让更多的人为之赞叹而已。

对于很多人来说，穷游和土豪游，都是不切实际的。反而，一些带着平常心的体验，最能让人觉得赏心悦目。

以前，我看到别人去欧洲、去美洲旅行，觉得那才是真正的旅行。去很遥远的地方，过完全跟自己不一样的生活。但是，现在看到别人分享阳朔山水的图片，也会由衷地赞美，虽然对很多人来说再普通不过，也很容易实现，然而于旅行而言却是最让人舒心自然的，会让很多去过或正准备去以及有能力去的人得到一种安慰，而这样的分享才是最得人心的。再比如说摄影，当技术已经达到了炉火纯青的地步，又或者说你的能力让你无法达到更深一层的境界的时候，不妨改变一下观念，从“见天下”的高度，回到“见众生”的平凡当中，做一个平凡人。

先做自己喜欢的事情和力所能及的事情，把自己重新放低。

说了那么多，无非也是布个道让自己心安理得一下。但其中的顿悟，也不是没有用处的，说出来跟大家分享，有种“不如我们从头来过”的意味，这种改变确实需要勇气，也不是三言两语就能向很多人证明。但是对于我自己来说，给自己重新定位，不再处于一个教导人的身份，不再跟朋友们灌输“像我这样旅行才是高大上”的理论，而是真的放下乎，先做自己喜欢的事情和力所能及的事情，把自己重新放低。

当然，说到的自己以后该怎么做，也只是针对自己，人各有志，我自己也一直本着不喜欢的未必是错的原则，从来不会喜欢这样而讨厌那样走两个极端，就像有人爱牛排，也有人喜欢街边炒面一样。做真实的自己，有属于自己的旅行，不需要把自己端着给别人看，也没必要做出一副姿态来让别人学习。

正如我的老师教我的，看一个人，是要看他做了什么而不是说了什么，我很惭愧我还是没有很好地控制住表达自己的欲望。

我想终会有一天，我不再需要向任何人说明我做了什么。

“叫上我”
还是“带上我”

jiao shang wo hai shi dai shang wo

在认识的朋友中，很多旅行家，每天在微博微信里发布自己每日旅行中的见闻，美景美人美图让我非常羡慕，当时很向往那样的生活，遥想着自己有一天，也能每天坐在高档商务舱里，去往世界的不同地方。

为了表示我对他们的景仰，我在认真阅读他们的每一条信息，欣赏他们拍下的每一张图片后，常常会留言：“下次去，叫上我。”

我觉得对一个人表示崇拜是必须付诸行动的，我觉得“叫上我”就是一种很好的表示，这种带着距离但又不失自我的话语，会让人感觉很得体，我想沿着你的足迹，去你去过的地方，以你为榜样，这对我自己也是一种鞭策，是一个努力的方向，即便不能立即启程，我也是在为这次启程而努力。

但是我发现，大多数人，特别是女孩子，不喜欢说“叫上我”，而是习惯说“带上我”。并不是说这种带着娇嗔的崇拜不好，但我自己是如何也做不出这样的事情来的，人家凭什么平白无故带上你？因为你有出众的美貌？因为你是亲妹还是亲姐？或许对于很多人来说，“带上我”俨然是一句口头禅，

即便不能立即启程，我也是在为这次启程而努力。

一句示弱的口头禅，但是，却不知这无形之中表达出一种“我需要照顾”，“我需要被你照顾”的娇羞状，会让那些蠢蠢欲动的猎艳者把持不住，却也让真正的旅行者哭笑不得，谁愿意在旅途中带上一个包袱呢?

那些习惯说“带上我”的女孩子，不是说她们的品性不好，每个人的性格不一样，习惯依赖的人必然事事都想着有人包办，女孩子嘛，当然是需要被照顾被呵护的，如若给自己这样的定位，就不要再打着旗号嚷着要男女平等了。一趟旅途，有人负责订票订酒店，有人负责背包拍照片，其间还要不停嘘寒问暖，怕走累了怕睡不好怕风吹日晒伤了皮肤。倘若有人心甘情愿为此买单，那也不失为一种幸福，但是这世界上本来就没有免费的午餐，别人的付出是需要回报的，唯一不需要回报的就是父母含辛茹苦的喂养。

女孩子出门，最多的叮嘱大概就是“照顾好自己”。是啊，一个长得好看又乖巧伶俐的女孩在一段旅途中是个活宝，只要她能照顾自己，这样的要求看起来不像要求，但那些说要“带上我”的女孩，有几个能做到?

去他的『带上我』，姑娘我们自己可以走得更灿烂。

有一次聚会跟一个旅行家在一起，他是一个资深的行者了，说到自己要远赴西藏拍摄纪录片的时候，某个漂亮女孩立即表示响应：“哥哥你带上我吧！”话音一落这位前辈就愣住了。后来我问他此事，他很无奈地说，自己从来不带人去旅行。一趟旅途本来就很艰辛，工作寄于旅途之中，是有责任的，就算是一趟专门游玩的旅途，他也只会带上自己的妻子孩子，带上自己的父母。在一个真正的行者眼里，旅行是一次体验生命的盛会，需要的是一个同行者，而不是一个需要被照顾的美女。

突然想到《浮生六记》沈复的妻子陈芸，此女样貌并不出众，结婚之夜两人讨论书籍，让沈复感怀“恍如密友重逢”，之后有人告密说沈复在外坐花船还交了两个歌妓，陈芸却调侃“其中一个便是我”，这段佳话连林语堂也赞赏，可见陈芸就是那种“你出门，叫上我，你不愿意，我自己出去”的独立女子。

所以，拜托美女们，再不要说“带上我”了，你这句话无疑是暗示了自己什么都愿意的姿态；要是说过了这句话，也就不要再埋怨别人对你另眼相看了。

后来，我慢慢也有了去旅行的机会，也学旅行家们开始在网络上发布一些自己在旅行中的照片，偶尔也感叹一下今天从日本回来明天就要远赴欧洲，这种带着炫耀实则毫无意义的表现当然也带来了不少盲目的崇拜者。于是经常也有人给我留言："下次旅行带上我吧！"我很自豪，当即回复他："好的。"于是甩了自己预订机票酒店的网站给他。对方一脸茫然："原来你说的带，是这个意思。"我还能有什么意思，你一个大男人，好意思跟一个女孩子说"带上我"吗？首先我又不是女土豪，我不需要生活助理和摄影助理；其二，我一个女孩子去旅行连自己都照顾不上来，还能花心思去照顾另一个人的起居饮食？你一个大男人，不是我亲戚也不算是要好朋友，就算是好朋友也没有理由要我带着去旅行的说法。

所以，下次不如改口，说"叫上我"，这种平等的心态，不但挽救了你的人格，也无形之中给自己增加了不少自信，即便执意要跟着你去，也不过是希望路途中有这样的前辈指路和学习。不仅如此，自己也会订机票订酒店甚至尝试一下做攻略，在整个旅途中是一个同伴，可以交流可以互相帮助，可以共同分享风景也可以独自品味不同的感受，而不需要别人的照顾，会自己背包会看好自己不需要追着别人给自己拍照，更不会在途中增加别人的麻烦，并且对这趟旅途有自己的想法，要在这趟旅途中得到自己想要的东西。如果路线跟自己想象的不一样，甚至会拐个弯，走自己的路。

去他的"带上我"，姑娘我们自己可以走得更灿烂。

当然有同行也很好，所以，下次旅行，可以"叫上我"。

拍自己，拍风景，还是拍生活？

pai zi ji , pai feng jing , hai shi pai sheng huo ?

对于我自己来说，是在马尔代夫晒太阳，还是在欧洲购物，在美国自驾，开始变得无足轻重，有时候翻看自己这些年来拍下的几万张照片，突然会有一种全部删掉从头再来的冲动，正如我的一位老师对我的评价："摄影，你从来没有入门。"

不得不承认，每个女孩子都有一种自恋的倾向，就算不漂亮身材也不好。以前跟小伙伴一起去旅行，若同行中有个稍微长得漂亮一点的女生，好像所有人的镜头都围绕着她转，倘若还有一个可以与她抗衡的女孩子，不得了，这趟旅行注定了很多"争风吃醋"。我很害怕遇见这样的旅行，于是慢慢地也有了经验，在旅行中最好甘当绿叶，让别人去做团队中的主角，后来我发现，这是一个放之四海而皆准的人生哲理。

不得不承认，每次遇到好的风景，都恨不得身边有一个摄影师的男友，镜头就围着自己转，然后把漂亮的照片共享到网络，让所有人为之"赞叹"以获得一些傲娇的存在感。长此以往，突然有一天，当自己对着镜子也嫌弃

老是把自己当主角的生活，也真够无趣的。

自己时，才发现，老是把自己当主角的生活，也真够无趣的。

但事实上，我并不讨厌九张不同姿势的连环拍，也不会看到大头自拍就皱眉，只是作为一个老是强调“旅行是生活”的业余摄影爱好者来说，端正自己的摄影概念对于真正入门摄影，是一件非常必要的事情，所以，当拍到一张自我感觉良好的照片时，我就开始审问自己　是不是有必要拿出来告诉别人我今天美成这样?

为了表现自己很有当摄影师的潜质，每次拍到一些光影比较好，并不需要太多技术参数和想法就可以成就一张“还过得去”的图片时，当然是迫不及待地发到网上去向别人展示一下自己的功底和审美。所以，站在寒风凛冽的室外拍几张落日，扛着架子半夜起来去拍日出，就是为了发几张早安和晚安的美图，洗掉自己以前只爱发自拍照的臭名，表示自己的丰富的内心世界。

现今社会，主要看气质。

真正会享受生活的人，
从来都不奔波。

从第一次离开家门到现在，也有十多年了，算了算去的地方并不多但也不算少。然而令我有想删掉照片的念头，是在我翻看一张张照片的时候，已想不起当时旅行时的心情和感想，那些光影再好构图再妙的图片，也没有办法让我产生一种思念的情绪，触及不到我内心的深处。拿出来给别人看，也只是获得"好美啊"的赞叹，就如赞一个只有容貌而没头脑的美女一样。

身处旅游圈子，每天打开手机和网站，都会受到不同的视觉冲击。然而看着这些来自世界各地的美妙的图片，却没有一张瞄过之后去点击大图观看的冲动，色彩再缤纷，光影再美丽，似乎都没有太大的震撼。这对于那些背着沉重的三脚架，上刀山下火海，挨饿熬夜的摄影师们来说，真是一个不小的打击。

可是，谁能记住这些照片呢，这个世界还有没被踏足的处女地吗?

生活中还有把出门旅行当作朝圣的人吗?

在数码时代，同一处风景，早上黄昏、春夏秋冬，不同的人不同的角度拍了无数，不过是几秒钟按下快门的瞬间。

有很多朋友羡慕我常常能外出旅行，觉得我这样的生活让人艳羡，我从来不认为隔三岔五出国坐飞机在各个城市穿梭是一种美好生活的象征。相反，是一种无奈。

真正会享受生活的人，从来都不奔波。

有时候甚至觉得，那些在山里买一间草房，每天种菜下地的隐居，才是最令人向往的生活方式。回头看看自己，去了那么多地方，但却都是浅尝辄止，到头来跟没去一样。再拿摄影来说，就因为这种蜻蜓点水式的方式，造就了很多旅游片泛滥，那些自己看了就想删的照片，再没想看的欲望，积累在电脑里。好好想想，不就是因为功利心太重，想花更少的时间走更多的地方的心态所留下的后遗症吗?

以前刚开始拿起相机走出家门的时候，总是喜欢拍无人的景色，觉得要是一个人都没有一定就能出大片。现在却发现，没有人的照片就如缺了灵魂一样。

同一个地方拍出来的风景大同小异，但是人的生活却是变化无常的，为什么战地新闻图片总是能让人记住一个摄影师?为什么一个从来没走出自己的城市每天街拍街坊衣食住行的普通人，最后却能发出一组充满情怀和细节的人文大片?

那些致力于各种滤镜抱着一堆构图理念光影效果的摄影师们，每天埋头苦干，为了一张美丽的照片寻找机位光线，甚至为了去各地拍照得罪了老婆领导朋友无数，还欠了一身债，最后却败在了一个每天拿着定焦拍家门口卖茶叶蛋老太太的街坊手上。

情何以堪?

前段时间去云南旅行，花了点时间从河口过境去了一趟越南的沙坝，这是我第六次去越南，第二次去这个叫沙坝的小镇。回家整理图片很想写一篇煽情的沙坝游记，图片拍了几百张，最后只选了寥寥的几张。如此想来真有点心寒，花了那么多旅行费，回来只有几张图片满意，成本实在太高了，要没有人的照片就如缺了灵魂一样。

是像以前的写法，这种游记我起码能放下五十张图片，但是，谁看完记住了你的东西？

对比一下前五次去越南的照片，突然就有点欣慰了，那些毫无意义的街景美女以及沙滩，不应该再耗费电脑的内存了，没有故事的照片，只能作为一趟旅行的记录。而对于一个很想用照片来表达思想的人来说，这种改变，也许仅仅是一个开始。

仔细想想，生活不也是一个道理吗？

自己需要怎样的照片来表达自己的旅行，跟自己需要怎样的生活来充实自己的人生，都需要做选择，那个你认为最能展现独特的你的方式，便是对的方式。

不如，
静待时光流转

bu ru , jing dai shi guang liu zhuan

加起来，旅行的时间有十多年了。

尽管这一路走来心态不断变化，跌跌撞撞反反复复，在路上，各种情绪起伏，诗与远方仍然是我在现实生活寻求的一种安慰。这种安慰时常令我感动，并坚持着在路上的热情。

小时候我生活在南方的小镇子里，孩提时的小镇经常在梦里出现，小镇的电影院门口卖糖果的阿姨，圩日赶集的时候从乡下出来买衣服的老人，夏天的时候，跟着伙伴们骑自行车到乡村里去摘荔枝，人说吃一颗荔枝三把火，我们一天就能把半棵荔枝树的果实都吃完。

那时候经常做一个梦，梦见经常去摘荔枝的乡村，突然就变成了古时候遗留下来的古村落，有光滑的石板路，高低错落的墙壁，各家的屋檐下都吊着鲜艳的灯笼，村口总有一个热闹的市集，穿着布衣的老百姓还卖起了糖葫芦和糖人……

这种安慰时常令我感动，并坚持着在路上的热情。

多年以后回到家乡，幼年时的乡村早已经不存在了，全新的楼房覆盖了当年的稻田，而高速公路也已经代替了溪流，唯有菜地里还远远地挺立着几棵荔枝树，似乎还能看到那时候孩子们爬树的身影。

我是在这些不断变化消失的童年影像中，默默在心里生出要去远方决心的。

这些年，我确实去了一些地方，就像小时候爬上树，在更高的地方可以看见整片荔枝林一样。

我想，只有去了远方，我才能找到更开阔的世界。

后来我去了中国很多小镇，迄今为止我仍然对寻找这些在童年记忆里似乎曾出现过的画面孜孜不倦。十多年前我第一次去江南，那时候的江南完全不是现在这个样子，拱桥下的流水是清澈的，摇橹声也是真切的，那时候绍兴的老街道还没有被圈起来当旅游景点，我们住在百草园招待所里，睡觉的时候真的能听见草丛里蟋蟀乱叫的声音。后来去到无锡，在无锡坐了一夜的

只有去了远方，我才能找到更开阔的世界。

船到杭州，船在寂静的夜里行驶，流水在耳边划过，那便是真实的旅行。一如若干年后重读《湘西散记》，仿佛就是在记录自己的心情一样。

我时常会为自己脑海里突然冒出来的昔日景象所感动，之后好多年，我尝试去寻找第一次到江南时遇到过的客栈、面店、迂回的小巷，终究是再也寻不回来。只有再出发，动身去寻找下一个能让我感动的地方。

几年前，王家卫的电影《一代宗师》让我记忆深刻。电影公映的时候我正好在取景地开平。看过电影的人，虽然言辞不一，但有一点是肯定的，里面的意境很完美。章子怡与梁朝伟的最后一次见面，黑暗中两人的身影拉长，那一句“其实我心里有过你”让人肝肠寸断，就在那一条深长的巷子里，两人的背影渐行渐远……

这场景，白天的时候站在树荫下，仍然有种若隐若现的迷离，仿佛一转身，身后便有人惆怅地等在那里。故事也许不完美，但结局足够意味深长。

对初恋惆怅过的人，在此时，应该也在默默地抹着眼泪吧。

我去过四次开平，对我来说开平仍然是一个能让人找到故乡感觉的地方。有一次我带父母去，他们对碉楼的记忆比我深刻，以前家里老房子对面，便是一座有人居住的碉楼。他们也许没有想过，我曾经多么想回到他们年轻时的那个年代。

在开平，看完电影之后漫步古镇，时光仍然能回到几十年前，仿佛一夜醒来，雨洒过街头，一转念之间，一切都只能回首再见。这是一个充满生活气息的镇子，午饭时分，烧饭的大妈，煎豆角的阿姨，卖黄鳝的小贩，老房子的彩色玻璃在阳光底下发出的耀眼的光，教堂门口正在玩纸飞机的孩子……

这不正是年少时期经常梦见的那个千年古村的模样么?

心中总是被这种感情所召唤，我喜欢这个仍然有所保留的世界，这些看起来不过是悼念逝去岁月的碎片，却成为一种诱惑，让我马不停蹄去追随下一个目的地。有时候朋友会劝我，能不能有点出息，把下一个目标锁定在更远的非洲欧洲，我只能摊摊手耸耸肩，跟他说，我对小镇欲罢不能，只有这些熟悉的气息，才能抹平我心中那股无法平息的怀旧情结。

两年前的国庆节我去了大理一个叫诺邓的村子，这是一个位于大理深山中的古村落。我去过无数次大理，这一次是专门为这个村子而来。从大理的兴盛汽车站买车票到云龙，由于天气不好，下雨导致道路塌方，平时只要三个小时车程的路途，走了将近四个小时，但是一路上都是风景，随手拿着手机一拍，定格下来的都是一幅美丽的画面。

我喜欢这个仍然有所保留的世界，这些看起来不过是悼念逝去岁月的碎片，却成为一种诱惑，让我马不停蹄去追随下一个目的地。

云龙是个人心淳朴的好地方，在这样一个黄金假日里，它也没有被利益所驱使，增加班车的班次来吸引游客。任凭外边的人怎么折腾，它一如既往保持着自己的脚步，以缓慢的节奏而存在着。为了诺邓，我一点都不畏惧长途漫漫，更不怕没有归路。诺邓没有让我失望，即便是在全民假期里，这里仍然保持着应有的属于乡村的宁静，马儿走在石板路上，马蹄声声都入了游子的耳中。

我感觉我与诺邓是有缘分的，这种缘分流淌在心间，仿佛小时候做的梦一样是命中注定的。

在诺邓小住的一晚，夜晚非常安静，在天井，抬头能望见点点星空。我睡得特别安稳，第二天醒来天已大亮。这几年去了不少地方，能让我念念不忘心中牵挂的不多，诺邓便是其中一个。我们的车子返回云龙县城，大街上人流如织，原来在客运站对面便是一个小集市，牲畜满地走，然后便瞧见卖诺邓火腿的生意人，呈黑色的火腿散落在地上，恍惚中似乎还能听到当年马背上的吆喝，成群的马帮载着这里的井盐驶向远方。

有时候会为自己出生在这个时代感到悲哀，城市的发展把历史和过去都抹得干干净净；有时候也为自己生在这个时代感到幸运，毕竟我还能自由地行走在不同的地方，我的成长环境造就了自己独特的旅行观，会为一栋仅存的老房子感动半天，会为寻到一个暂时还没有被商业污染的小镇而感到幸福。

在很多年前，在父母的那个时代，时光走得如此慢，都是日常的事情；在很多年之后，我们的孩子，或许早已经没有了老房子的记忆。

最近的一次旅行，我去了一趟湘西的怀化。我寻到了一座被抛弃了的小城，它叫洪江。在很多旅行社的湘西旅游项目里，洪江似乎都没有被包含在内，虽然门票不便宜，但这座小城有着遭遇离弃之后“不知有汉，无论魏晋”的懵懂模样。

那日，从入住的宾馆出去，准备寻找晚饭的着落，走在路上便遇见了做米酒的作坊，做酒的师傅在暮色中烧着柴火在蒸米，一勺勺地把米倒进大锅里。等我吃完晚饭回来，做酒师傅的妻子已经过来帮忙，昏暗的灯光下是共同劳作的幸福背影。那身影，仿佛是多年前的家中长辈。

我永远都会记得，在我小的时候，家里为了给叔辈们娶亲，爷爷经常在屋后的大灶台上生火做酒，浓郁的酒味从后院传到前院。

路过沅水岸边的吊脚楼，残缺的木房子，江上飘着的孤舟，入住的宾馆里有着靠水的窗子，入夜摇橹的声音会从窗子里飘进来，而船上的饭又刚刚煮好，轻烟飘荡在江上。很多年前，沈从文先生的船就行驶在这江面上，他在船上给张兆和写信，信里说：“山水美得很，我想你一同来坐在舱里，从窗口望那点紫色的小山。……我想要你来使我的手暖和一些……”而我此时的思绪，似乎又飘回到了十多年前那个在京杭大运河上漂泊的夜晚，男孩望着天上的星辰伤心地说：“明天回到杭州，我们要见面可能要很久以后了。”

工作之后很少回家乡，连父母都已经极少回他们年轻时工作的那个小城镇了，只有白发苍苍的奶奶仍然坚持住在老屋，每天过着种菜的生活。过年的时候我也会回去，跟奶奶吃一顿团圆饭，那时候我会帮她到菜园去摘菜，看着远处群山和修建在群山之旁的高速公路，心中有点黯然。

我能做的，唯有用手中的笔和相机一一记录，留待日后慢慢品味。

有一年我带父母去云南大理的沙溪，我对这个偏僻的地方喜欢得不得了，他们却嫌它路途遥远，而且生活条件各种不如意。此时此刻，他们也早已经习惯了城市的生活，习惯了这世界发展一新的面貌，也许每个人总是对自己不曾有过的生活充满幻想吧。

不管是只身再去远方还是安于平淡生活，过去的都已经不再回来，我们把自己交付给了不能确定的未来，享受着当下遇见的一切，那些似曾相识的地方，来了又去了，它却仍在那里，随着岁月变得更加古老，甚至逝去而不复存在。

而我能做的，唯有用手中的笔和相机一一记录，留待日后慢慢品味。

心有远山，安于当下

xin you yuan shan , an yu dang xia

发现自己没有好好读书，是在书到用时方恨少的时候，有时候为了查一个典故，翻遍家里的典籍，搜遍百度网站，终于把资料找到后，写作的灵感早已经在周而复始的搜寻中消失殆尽。

念书的时候觉得那些在自己的兴趣爱好里写"看书、旅游"的人特别矫情，就好像吃饭睡觉一样，是一件不费吹灰之力的生活小事，然而如今却痛恨自己读书太少见识太浅。记得初中读《红楼梦》，那时是真的喜欢读，这么厚的一本书放在床头啃上一个星期，每天的期盼就是完成作业之后躺在床上进入红楼的世界，一字一句斟酌，完了还有小圈子里的各种书评以及角色互演，林黛玉爱看什么书，薛宝钗吃的是哪朵花上的露珠，贾探春莫不是贾府的芈月？……那时候对书本的钻研态度，真可以给自己冠以"书虫"的名号，而且是真的喜欢，沉浸其中不能自拔，绝非当今拿它来装高雅。

现在，读书已经不再是神圣的事情，甚至变成了别人的嘲讽和挖苦，读万卷书，不如行万里路。房间里堆积的书籍越来越多，能专心研读的却越来要想跟一个人学习，不是去钻研他写的书籍，而是先要去了解他看的是什么书。

越少。信息爆炸的今天，书籍就如网上信息的汇总，出版的图书大多是垃圾图书，所以才会有人反问，读书真的有用吗？

确实，读烂书更甚于虚度光阴。

我常常钦佩有才学的人，想从他们身上学到一些东西，尽力模仿，仔细揣摩，然而这对于学习一点用处都没有。后来一个朋友提醒了我，要想跟一个人学习，不是去钻研他写的书籍，而是先要去了解他看的是什么书，他学识的来源以及他思想轨迹的变化，是受了哪些读物的影响，一个人在阅读时候追求的，侧重的，往往也是他价值观的体现。读研的时候，对导师提出的阅读清单不屑一顾，觉得那都是装模作样，更何况那些古书，对于信息变化如此之快的社会，完全没有参考意义。现在想想，愚蠢和退步，大概就是这种藐视历史典故和经典的做法。

芈月读《孙子兵法》，为自己寻求了逃离楚国水深火热境地的好办法，倘若读书而不用，那是对书籍的侮辱。但是首先要找到有用的书来读，带着

很多地方一去再去，是因为心中的情怀。有些地方至今未涉足，是因为还没有足够的底气。

如果去了一个跟自己的思想气质不相符合的地方，无异于读了一本不该读的书，是浪费光阴和精力的。

心有远山，安于当下。

问题去读，边读边思考，边读边判断，哪些对自己有用，哪些可以忽略不计，这个时候，那些泛滥成灾的出版物，便成了可有可无的甜品，有时候它们不过是让你多费了点时间去认识几个字而已。

有时候也会很疑问，有些人读书很多，出口成章，为什么还是一事无成？大概没有思考的阅读，跟没有思考的旅行是一样，都是一种灾难。

旅行也是如此。

对于我们来说，走更多的地方，看更多的风景，就如古人读过四书五经各种列传一样，是可以拿出来炫耀自己学识的。人的想法和价值观都会在文字和图片中甚至在谈吐中传递出来，带着思考去旅行，文字便绝对不再囿于对一个地方浮光掠影的简单描绘，图片传递出来的信息，也绝对不是这个地方有什么景点，这个地方有多么漂亮。

我常常为自己难过，很多地方去过了之后，间隔几个月翻出图片来看看，竟然不知道如何下手写游记，很多记忆都随着时间流逝而变得模糊，路途中发生的事，也因为平淡无奇没有深刻体会而变成了生活琐碎。

有些朋友劝我，旅行拍照写文章这事，别太当一回事，权当生活调味剂，开心就好。只是我比较执着，我身边也有很多执着的朋友，认真去做一件事没什么不好，就好像我现在把读书也提上认真要去做的日程，每天晚上洗完澡，必须给自己看书的时间，这段时间，不能用玩手机来代替。有什么困惑才看什么书，不再随意相信网上的推介，人生苦短，避免看坏书和不适宜的书，就是珍惜光阴了。

回过头来看自己的旅行，那些重复的纠缠的毫无目的旅途，基本可以从生命中剔除掉，一个自己并不感兴趣的地方，一个只能蜻蜓点水游览的地方，都只是浪费时间而已。

中学的时候读鲁迅，非常想感知先生笔下绍兴老酒的滋味，大学的暑假这个愿望终于实现。那年暑假我在绍兴一住就是半个月，那是老台门附近的百草园招待所，现在已经不知去向了，但是那一年院子里的蟋蟀声，依然清晰入耳。

这样的旅行当然不止一次，有因为萧红而去的呼伦河畔，为了边城而去的湘西，为了邓丽君而去的清迈，为了李宗盛的一首歌而去的台湾，为了杜拉斯而去的越南，为了火腿而去的西班牙，为了花样年华而去的柬埔寨，为了三毛而去的撒哈拉……很多地方一去再去，是因为心中的情怀。有些地方至今未涉足，是因为还没有足够的底气，这种底气包括我对它的感情和对它的了解，所以很多时候，旅行跟读书一样，有得有失，不是每一个地方都适合自己。

如果去了一个跟自己的思想气质不相符的地方，无异于读了一本不该读的书，是浪费光阴和精力的。

大多数人以为，像我这样喜欢故地重游的人，是因为怀旧。其实这不是主要的原因，对熟悉的事物和人产生依赖，是人之常情，就好像夫妻之所以能相守白头，并非是因为一直热情的爱意，而是执念于那份熟悉和亲切。熟悉了解，才会产生思考和判断，当你的精力一味沉溺在对新鲜事物的好奇上，那相同的时间内，多半只能浮于表面。

好的照片也来自熟悉和了解，不管我对撒哈拉或者北极有多憧憬，也不管我去到那里有多兴奋多激动，拍出来的照片，或许还不如我在自己的城市里拍的更能打动人。熟悉的环境里，思想和心灵是有安放之地的，不像在陌生的别处，总有一种蠢蠢欲动漂浮于空中的情绪牵动着自己，无法把精力专注在认识事物的本质上。

有时候固执起来，我会把手机里所有关于旅行美食的攻略全部删掉，那些被别人的经验牵引的行为，看起来幼稚又可笑。我常常想，如今不靠男人也能过得很好的经济独立的女性，在思想独立上，还需下很大功夫吧，别人说《山河故人》很有情怀，你就放弃《火星救援》的理性和科幻；别人说没去过马尔代夫就不算真正的度假，你就把难得清静喝杯茶的若干午后，完全贡献给了筹集旅游基金的工作上；别人说圣诞节到了该去趟芬兰了，你就把自家门口白雪皑皑一望无际的美景全部辜负……

其实细嚼慢咽一碗白米饭，胜过囫囵吞枣一锅燕鲍翅。

看一本不适合自己的书，走一趟不适合自己的旅行，无异于强加在自己

最好的照片，拍的是平常，是一座城市，是城市里的一条街道，是街道里的一户人家，是这户人家某个如昔的早晨、晌午或者傍晚。

身上的各种装饰，是给别人看的。

有一日看书，忽然读到女画家墨白的介绍，这位喜欢在绢上作画的女子，给自己画了无数的天空山谷和海洋，没有强烈的色彩，蓝到静谧，美得让人窒息。有人以为，画家和作家的生活必须稀奇古怪高深莫测。

但事实刚好相反，心有远山，安于当下。

有思考的人生，随时随地都有创意，正如一位摄影师朋友所说，最好的照片，拍的是平常，是一座城市，是城市里的一条街道，是街道里的一户人家，是这户人家某个如昔的早晨、晌午或者傍晚。

在路上，
我们随身携带“心灵安慰”

zai lu shang , wo men sui shen xie dai xin ling an wei

旅行中收拾行李，也是一件十分考验人的事情。

带什么出门因人而异，有时候一个人所带的行李，是一个人形象以及性格的“展现”。

但是，人的性格会变，在不断的旅途中，行囊的准备也会由此改变。举个简单的例子，我以前很喜欢拍照，每次旅途都必带够每天更换的衣服，所以行李箱里占的比例最重的便是衣服鞋袜。后来，实在忍受不了拖着厚重行李的奔波劳苦，开始简化行李，一条牛仔裤加几件可以换洗的T恤，冬天无外乎多加一件外套。事实上，这样的行头足以应付一周左右的旅行。

这样的变化，看似是给生活做了减法，但实际上是对旅行的认识有了很大的改变。以前，带那么多好看的衣服，旅行的意义对我而言是展现自我，强调“我”是旅行中的主角；如今，只带舒适的行装，旅行的意义对我而言，是看到和捕捉到不一样的生活。

旅行的意义对我而言，是看到和捕捉到不一样的生活。

虽然，减轻行李重量是一个趋势，然而我们的行囊里总有那么一两样东西，不是必备物品，但是不带总觉得不安心。而这些随身带着的物件，往往就是彰显个性的，也是安慰心灵的。比如爱茶的人，可能衣服也就带一套换洗，但各式茶叶却塞满了箱子，有人甚至会带上自己平时泡茶的器具。居不可无茶，一日不可无茶，即便是在异乡，也唯有一杯茶可以解乡愁。比如爱美的人，她不担心重量，什么样的衣服搭配什么样的鞋子和包包，都不能失了和谐，甚至要带上自己专业的烫发设备。

综上而言，我们携带不必要的物品上路，无非是为了满足自己的心理需求。

爱干净的人，一般不会使用酒店拖鞋和浴巾，所以行李中必备此类，洁癖者还会带上被子、马桶垫、酒精棉球、枕头垫等，总觉得细菌防不胜防。爱带小本子的人，都有一些特有的情怀，会收集路上用到的票据，酒店的卡片，路边捡到的树叶，会去盖各种印章，会叫陌生人签名……最重要的是，很多我们的行囊里总有那么一两样东西，不是必备物品，但是不带总觉得不安心。而这些随身带着的物件，往往就是彰显个性的，也是安慰心灵的。

一晃而过的心情，常常是要随时捕捉的。很多老一派的作家就有这种带本子出门的习惯，所以他们的笔下全是真实生活。

说说我自己的旅行装备吧。

摄影器材从简单到复杂，从复杂到简单，不断地随着自己对摄影的了解而改变。现在，更会根据出行的目的地而做选择，比如去一些休闲购物为主的地方，会带轻便的微单；去一些景色壮阔的地方，则会考虑带上比较专业的器材。唯有两样东西，是从来没带过的，那就是脚架和灯光（是不是还漏说了各种滤镜等），作为一个业余摄影爱好者，守本分是很重要的，永远给自己留点进步的空间。

为了让自己显得更文艺一点，我也会带几本书出门。

一来打发漫漫长夜（其实打发漫漫长夜的还有央视的记录频道），二来应付长时间的高铁或者飞机延误。事实上，书本的作用等同于缓和剂，是可以让心情平静下来的，特别推荐李舒的《民国太太的餐桌》，千万要自己买，不要跟我借。呵呵。

在生活用品上，我已经不太讲究。

网购的百来块的牛仔裤，穿 10 天后扔掉的事情经常发生，但是背包里随身携带的必须有湿纸巾或消毒纸巾。我坚信，病从口入，旅途尤是，进餐如厕时都可以使用。

个人的行李携带，也是层出不穷。

有的美人，会把洗脸仪喷雾器都带上，有些居家主妇更会把电饭煲带上，当然，也不排除很多户外爱好者带上帐篷柴火……别告诉我你出门会带上一瓶珍藏的红酒，在田野里喝，在山谷中喝，在北欧冬日的暖阳下喝。

有朋友发来消息，说他必带的行李就是他媳妇，顿时秒杀众人。

先去想去的地方，再去该去的地方

xian qu xiang qu de di fang , zai qu gai qu de di fang

有时候会觉得自己好像哪里都没去过，翻看杂志或者网络里的图片，仿佛到那地方都是上辈子的事情，没有特别深刻的一件事，让我对那个地方产生一种至死不渝的感情，这样的旅行，是不是有点悲哀？

经常会有朋友征求我的意见，假期到了，推荐一个好玩的地方吧。

这个问题让我也倍感茫然，一来我去的地方并不多，二来别人介绍的地方，真的是你想去的地方吗？

也许这一次假期，你只是想去泡个温泉休息两天，但因为是假期，所以你被“安利”到了一个遥远的但不曾怦然心动的地方，然后在朋友圈里说很开心。

我很小的时候，最大的梦想，就是跟妈妈到镇子的公路上，坐一块钱的中巴颠簸一个小时，去城里的外婆家吃一顿饭，跟很洋气的表妹玩一次过家家。愿望很小很容易实现，每次实现之后总是特别快乐。中学的时候我已经开始在城市里寄宿了，城里的大街小巷都逛过无数次，外婆家的饭好像没那然而，我爱极了这种被熟悉环境抛弃的自由与落寞。

么香了，和表妹的关系也越来越疏远，倒是校门口的蒸米粉至今仍然回味。寄宿在学校的日子里，最盼望去的地方就是回家，这辈子第一次离开父母，就是那段懵懂无知的青春岁月，时间在从宿舍到晚自修的路上流逝，那时候，背着书包在学校门口等回家的公车，就是最幸福的事情。

后来在广州上大学，回家的愿望已经不能经常实现，那种故乡从此只有冬夏再无春秋的惆怅，化作了对远方的憧憬。当时还没有旅行的概念，假期跟着学生会组织的北京团去考察，第一次坐上火车一路北上，看着车窗掠过的风景，听着车厢里熟悉又陌生的谈话，那时候觉得，这一生也许就这一次远行了吧。此时少年时候的愿望都已经实现，原来，去远方，是带着这样悲壮的情绪的。

然而，我爱极了这种被熟悉环境抛弃的自由与落寞。

只是，北京，那时候曾当作实现所有文学历史梦想的地方，如今，也只有开会出差才会再去。故宫的雪，胡同里的单车，四合院里的茶，都像一本故事书一样，翻过了记住了，从此它成了一幕尘封的故事，跟生活再无太多关系，就像一个曾经爱过但已经分开很久的人，他呼唤你的声音还在，他的音容笑貌依然，但失去了亲切感，他便不再是触手可及的温暖。

初中的时候我留级了，因为数学成绩一直跟不上。

爸爸找了一个冠冕堂皇的理由让我再读了一年初二，说我年纪太小，不懂事，感觉像在学校里打架被劝休学。留级的那一年，基本上全部时间都花在了看《红楼梦》和三毛的书上。因为《红楼梦》而憧憬京城的雪，因为三毛而对遥远的撒哈拉沙漠无比向往，可是那会儿的纸上谈兵，真的只是“记得当时年纪小，你爱唱歌我爱笑……”那些在想象中便能消化掉激情的青春年纪里，竟然从来没有想过，未来会有一天真的踏上那块土地。

工作后很多想法变成了现实，去世界上任何一个地方都不再只是梦想。

到达一个地方就像是为了证明自己曾经到过一样，在陌生的房间里，时常会想起小时候在镇子的公路上翘首盼望中巴车到来的情景。想去的地方越来越少，真正心中盼望实现的梦想也越来越少。

常常会有朋友发来邀请，叫我赶快参加活动，会有机会获得欧洲任一国家的来回机票时，我感觉很茫然，再没有冲动让我立即放下手中那杯茶。

一直以来我对欧洲历史了解甚少，也没读到哪一本书，让我对欧洲有热烈无比的期盼，我的同伴总是怂恿我，她说：“你没有觉得一趟欧洲回来，会让自己更有光彩吗？”确实，听起来很不错。我于是去了一趟西班牙。我对于西班牙文化崇尚已久，斗牛，足球，火腿，海鲜……每一样都让人垂涎，然而一路过来，我却只记住了偶遇的葡萄牙城市波尔图和陪伴我一路走来的想去的地方越来越少，真正心中盼望实现的梦想也越来越少。

愿望越来越简单，也越来越容易实现。

好伙伴的笑容。

翻看照片，用心和不用心拍出来的感觉真的很不同，哪个地方是自己饱含深情，在成长过程中便在脑海里耳濡目染一心向往的；哪些地方是被各种外界因素刺激而觉得自己“应该去看看”的，都能在自己拍到的图片里分别呈现出来。

欧洲依然很美好，世界依然很精彩，只是当我没有足够了解它们的时候，那种藏在心里的蠢蠢欲动便无法调动起来，让我满怀热情去靠近它，即便我也曾被忽然映入眼帘的美景吸引，但都是昙花一现，在心里待不了太久。

想去的地方越来越少，该去的地方却越来越多。

我想很多人跟我一样，夜晚读书的习惯已经被手机代替。以前，为了《红楼梦》中提到的药方子，会亲自去采春天花朵上的甘露，也会为了《情人》中停泊的西贡码头，而到华人区去寻找昔日的旧影，失望是肯定的，但寻找的过程却是快乐的。也许现实中的那个地方并无太多让人惊艳的景色，就如你过年终于回到家里，妈妈做的饭菜原来太咸，而没有暖气的南方城市的冬天原来如此寒冷，是同一个道理。

每次感觉到烦躁，我都会拿出笔记本，把自己想去的地方和该去的地方做一个比较。

我的思维顺序一般是，先去想去的地方，再去该去的地方。但按照逻辑，应该顺序颠倒过来才更符合人之常情，做人得先有责任再谈梦想，但我仍然坚持自己的观点，唯一改变的是，想去的地方，不再山高路远，而该去的地方，要走的那条路也没有想象中晦涩。比如，最近在看沈从文的书，突然就想去湘西走走，这个离广东很近的地方，我只要花几天时间，便可以看到翠翠生活的身影；再比如，我只是想坐一趟火车，到香港离岛吃一顿海鲜，甚至，去家门口新开的猫头鹰咖啡馆坐坐，听说来了一个长得还不错的服务生……

如是，愿望越来越简单，也越来越容易实现。

只是到最后，想去的地方和该去的地方慢慢就妥协了。

回家，才是自己真正想去和该去的地方，就像当年第一次离开父母一样盼望，是站在公路上等公交车的焦急心情，是坐在车窗前想起妈妈做的酿豆腐时的渴望，这种向往，带着前所未有的温暖与贴心，想去和该去，不过就这一个地方而已，有什么难抉择的呢。

其他地方，就当一次额外的馈赠，是正餐之后一份可有可无的甜心吧！

PART 2

做个
明媚的人
清澈地
生活

做一个温暖的人，不卑不亢，清澈地生活。

总会有一个人，穿越这个世间汹涌的人群，捧着满腔的热和沉甸甸的爱。走向你，抓紧你，你要等。

不折腾小姐的好日子

bu zhe teng xiao jie de hao ri zi

孙小姐是大学时候认识的，隔壁宿舍一个长得小巧精致的女孩。

因为她懒，而我爱折腾，读书那会儿我们并没有太多的交集。

那会儿，我们广州的大学生都喜欢周末背包出游，去厦门鼓浪屿当小资，去婺源看油菜花……为了省钱，总是选择汽车团，晚上出发第二天清晨抵达。那时候年轻气盛，一个晚上折腾下来不睡觉，第二天依然能够生龙活虎。在我的怂恿下，我们三楼宿舍的女生几乎都有过类似的出游经历，唯独孙小姐一次都没有参加过。

孙小姐说她懒癌晚期，经不起这样的摧残。

我们常常嘲笑她，小小年纪过起了老干部的生活。她不以为然，一直以她钟爱的方式生活着，每次聚会的时候，她总是愿意充当倾听者的角色，在旁边慵懒地泡着茶，听各位讲述自己不平凡的经历。某君说自己创业经历了一波三折，最艰苦的时候住在出租屋里连吃饭的碗都没时间洗；某人妻说在家当专职主妇，学习日本的家政，每日插花烹茶做料理，目前正在准备生第

每次聚会的时候，她总是愿意充当倾听者的角色，在旁边慵懒地泡着茶，听各位讲述自己不平凡的经历。

三个孩子；某人从西藏徒步回来，阿里转山每年都去，晒得皮肤脱皮一身黝黑，说起自己在印度的奇遇让一桌子的人都瞠目结舌。这样的人生经历，大概有些人三辈子都遇不上吧。于是，大家把目光聚集到了正在煮开水的孙小姐身上，仿佛说的那个三辈子也遇不上一件稀奇事的人，就是她的真实写照。

我觉得我过得蛮好的啊。孙小姐不以为然。

自从有一次被游说了半天终于去了一趟新疆之后，她回来大吐苦水，当即发誓飞行超过三个小时的旅行她再也不去。她掰着手指算，你看，单单是在飞机上，就折腾掉了两天时间了。

毕业后，孙小姐在一家国有企业上班，拿着比城市人均收入稍微高一点的薪水。工作稳定，每天按时上下班。孙小姐自小英语好，工作以后也遇到不少到著名外企就职的机会，可是孙小姐说，她现在连简历都懒得重新做一份，更别提再重新定位自己的人生目标和人际关系了。

她的人生就像一片安静的湖，没有涟漪，很多时候我们都会忽略了她的存在。

不折腾，或许就是她对这个社会最大的贡献。

我们眼中的孙小姐，就是这样一个“不积极，不求进步”的代言人。

后来，听说她卖掉了市中心的房子，在单位附近租了一套房子住，我们都替她惋惜，她却很享受自己每天走路上下班的日子。

工作了好几年，同学聚会就越来越少了。大家都疲于为生活而奔波，几乎每次聚会都有一帮人缺席，有离开了家乡去很远的城市寻找机会的，有正忙碌于自己的小生意连吃饭也顾不上的，有当了妈的无时不惦记着回家喂奶的，也有在无人区流浪着信号都连接不上的……只有孙小姐处于 24 小时待命的状态。

她总是有很多时间应约，每次我无聊的时候打电话想找人消遣，第一个总是会想到她，因为只有她会毫不犹豫地答应你，行，几点？去哪里？这种爽快，让我感受到了孙小姐生活中不被人认同的轻松与自在。

当然，最后孙小姐也当了妈了。

当小媳妇的日子也优哉游哉的。“你怎么没去拍孕妇写真？”“你可以考虑上瑜伽课，听说有助产效果。”“早教一定要好好做啊，每天听音乐两个小时……”孙小姐似乎从来没有打算，她的生活依然处于慢半拍的节奏，看电影逛街唱卡拉 OK，懒的时候就宅在家里打游戏看碟片，最后顺产了一个七斤重的健康小子，现在已经会咯噔跑过来要糖吃了。

我常常嘲笑孙小姐，人家隔壁那个妞，两岁就会弹《小夜曲》了，你们家胖小子怎么还没有危机感。孙小姐不紧不慢，扔了一个球老远让胖小子去捡，说，他健康快乐比什么都重要。

最近一次找孙小姐，是夜晚。我打电话给她，一点钟左右人家电话就关机了。第二天听她说，她正在调整自己的生物钟，每天的作息时间跟随孩子的，晚上九点半睡觉第二天六点起床。我惊呆了，想象自己，好几十年没有这么早睡过了吧。

我们在孙小姐口中听不到波澜壮阔的经历，她的人生就像一片安静的湖，没有涟漪，很多时候我们都会忽略了她的存在。然而，当我们在为自己成功背后的辛酸而叹息，为自己决定要迈开新的一步鼓起极大勇气的时候，她就在那里，听着别人的故事和歌声，给大家添茶递点心，曲终人散之后，她仿佛没有来过。

可是，这未尝不好。

她总是保持的轻松自在的状态和不折腾的生活原则，虽然让人感觉她一直处于旁观的角色，但是，活得没有负担，不钻牛角尖，对生活积极的她却是被人人艳羡着的。

孙小姐也说过，不折腾，或许就是她对这个社会最大的贡献。

我想了想，觉得很有道理。

找到那个
你愿意为他关机的人

zhao dao na ge ni yuan yi wei ta guan ji de ren

以前的心灵鸡汤里总是说，要找到那个愿意为你 24 小时开机的人。

时代在改变，在这个信息泛滥，人人都被手机俘虏的年代，我坚持相信，我们一定会遇到这样一个人，他让我心甘情愿为他关机，一天，一个星期，甚至一个月……我们的世界很美，而不是看上去美。

很久很久以前，那时候没有手机，只有 BP 机。

记得我的第一部 BP 机是蓝色的，它很神奇，有人找的时候它会响，然后显示回拨的号码，初恋的滋味大概就是这样。你知道那边有个人在焦急着等待你的回音，你拿起电话回拨的不是忐忑的心情，而是彼此心灵相互靠近的渴望。后来 BP 机上的电话号码换成了 530 的代号，再后来，蓝色的机子成了经典，手机时代来临。

你一定也有过为了一个人 24 小时不想关机的经历吧?

喜欢一个人不敢表白，交换了电话号码唯有等待。

自己的第一个手机号码是否还记得?

我们的世界很美，而不是看上去美。

也许还有人能倒背如流你已经 N 年没有联系的手机号码，只是那段纯真的岁月，早已经逝去。每个深夜不关机的人，都有一份不敢言明又不愿意错过的期盼，只是，喜欢你的人，即便再想念也不会在深更半夜打扰你的睡眠，而不喜欢你的人，早已经把你抛到九霄云外酣然入睡。

也有过捧着手机发短信的岁月。

读书时候的第一次远行，是和隔壁学校的一个男生相约去的。他毕业实习去了山西，我正好遇上暑假，我们相约在上海火车站钟楼下。我对火车总有丝丝缕缕的眷恋，大概就源于这第一次在火车上互相短信牵挂的夜晚吧。我们结伴江南行，对一切都充满好奇，不像现在的旅行，都是埋怨和不屑。那时候住在青年旅馆，把两张木床拼到一起，在不眠的夜里讲对未来的憧憬也讲这趟旅途的感想，手拉着手到天明，那份纯真回忆起来都是甜的。只是后来便再没有后来，毕业之后各奔东西，那些曾经守在宿舍架子床上等待短信的夜晚，早已经模糊，而他的样貌似乎也无从记起了，通讯录里早已经删除了他的名字。

曾经要好到你愿意为他一辈子都不关机的人，从此成了陌路。

那时候的理解，告别就是人生，不断与爱的人、身边的人说再见，然后日渐淡忘。

再后来，我们都进入了智能手机时代。

一切的事情都能在手机上解决，包括恋爱，包括告别。当你的社交网络从此不再更新的时候，任何人都找不到要去打扰你的理由。

一直以来，因为受专业影响，我自己更偏向于用文字表达自己的想法。很多时候，话说出来反而就达不到想要的效果，甚至有点背道而驰。正因为如此，很少打电话，这辈子从未有过煲电话粥的经历，有时候真的遇到很重要的事情需要电话解决，也总是三思而后行，然后速战速决。所以，也有过被朋友斥责不接电话不回短信而把我电话掰成两半的悲壮史。

直到有一天，我遇上了一个不接电话的朋友。

我们都是那种遇到事情先要留下空间想想再去处理的人，所以打电话这种即刻解决的方式，在我们相处的时间里，除了几次迫切的情况外，一次都没有用过。我欣赏这样的作风和生活态度，当然，并不是每个人都能做到，迫于生活和工作，谁都有必须立即处理的事情，能做到如此，要么已经经历过风浪沉淀下来不再追逐，要么对世事毫无纷争，要么已成功，要么在修行。我只能尽量做到后者，这样的交往，让人体会到“不打扰各自生活”的自由，也体会到“找不到任何理由去打扰”的无奈。

慢慢地我也学乖了，打电话前，先发个消息问问对方是否有空接电话，这片天地如此宁静，只听到你们的心声。

这个社会，缺少的就是专注，爱情也是。所以，珍惜那个坐在你对面，手机一直沉默的人。

早上九点之前和晚上十点之后，终止任何对别人的电话或短信干扰，防止平时无事找事的瞎扯，遇到事情，想想再说，如果不必立即联系对方，尽量先冷静下来自己思考。

我记起年初的时候我在大理遇劫，身上所有财物被洗劫一空，当时很糟糕六神无主，拿起电话把最近联系的人都诉苦一番，然后打电话给派出所，给信用卡中心，给银行……整段旅行因为焦虑而终止。事后想想，完全没有必要，要知道警察除了给你立案也解不了燃眉之急，那些朋友，担心你要跟他们借钱的正好趁机跟你绝交，无奈的也只有给你几句话安慰，当然更不能把这样的事情告诉家人让他们担心。所以再遇上这种事情，只能缄默反思，不会再打电话，甚至不会告诉任何人。唯一要做的，是联系那个真的能帮上你的人，并感谢上天这个劫难并未夺去所有。

身边很多朋友，几乎每时每刻手机不离身。他们喜欢分享自己的生活并没有错，错的是分享大过了生活本身。不排除我也曾经是这样一个在家人朋友面前只顾低头看手机的可恶之人，当初为某人 24 小时开机的豪迈，放在当下实属可笑。

哪一天若找到了那个你愿意为他关闭手机的人，你才真的找到了属于自己的天地。

而这片天地如此宁静，只听到你们的心声。

对我来说，我更愿意为自己关闭手机，起码在工作的时候，在拍摄的时候，在写字的时候，在看书的时候，在听音乐的时候，能够充分地享受专注做一件事情。

这个社会，缺少的就是专注，爱情也是。

所以，珍惜那个坐在你对面，手机一直沉默的人。

而关闭手机，也可以成为你为你爱的人所做的一件简单又充满温暖的事。

苏小姐的前世今生

su xiao jie de qian shi jin sheng

其实，我从小就认识苏小姐了。

在我们院子里，苏小姐是个美人儿。我读初中那些年，对苏小姐的印象特别深刻，大概那时候正是身体发育的时候，对于男孩子会有一种心动的萌发，但是对于美丽的女人却有更多的想象空间。因为喜欢模仿，相比之下这种想要模仿的心态比想要得到男孩子青睐的心更加炽热。

苏小姐大概比我年长十岁，长发披肩，就住在对面楼的三楼，跟我家阳台对望。我常常可以见到苏小姐的身影，身体里散发的那股神秘的美，让我一直把苏小姐当成自己的榜样。

苏小姐就跟小龙女一样迷人，我们院子里的老男人常常对她想入非非，有事没事总爱拿她来说事，但是苏小姐一点也不生气，她见人总是亲切微笑，一点美人的架子都没有。后来我慢慢察觉，这种气质其实是岁月修炼出来的，一个人的成长，并不是变得越来越冷漠，而是对别人温柔，对这个世界都温柔。

一个人的成长，并不是变得越来越冷漠，而是对别人温柔，对这个世界都温柔。

我觉得我那会儿是理解苏小姐的，比如她非常喜欢穿长裙子，几乎每天都会穿不同颜色和款式的长裙子，永远是长发和平底布鞋。那时候，我们班女同学都奔着踩高跟鞋穿超短裙画浓浓的妆去了，苏小姐那种淡然的美，让我那颗叛逆的心得到了某种宽慰，我觉得我以后也会像苏小姐那样，穿着棉布的衣服，永远都是从琼瑶的书中走出来的样子，脸上总是有淡淡的笑。

我觉得那是一种脱俗的东西，我希望自己跟她一样与众不同。

我第一次与苏小姐接触是在一个镇里举办的文艺晚会上。

当时我们这些中学生都很兴奋，能被邀请到镇上的中心舞台演出是一件很荣幸的事情，每天都跟人炫耀，去排练舞蹈像是中了状元一样敲锣打鼓的。直到长大以后回到家乡，看到那破旧的舞台摆放着一些残旧的箱子道具的时候，才想起小时候的自己如同井底之蛙。或许时空转换，最不能让人接受的便是当初稚嫩的自己。

我没想到那次文艺晚会竟然是苏小姐在主持，她像生活在梦幻里的人，当她从舞台里走出来的时候所有人都惊艳了一把，这个平时不怎么爱说话的

我觉得那是一种脱俗的东西，我希望自己跟她一样与众不同。

女子竟然也有好口才，而且化了妆的精致脸庞让台下男女老少都为之倾倒。

我们舞蹈队在后台噼里啪啦地说苏小姐的事情，有人说她还演过电视剧，有人说她是北京电影学院毕业的，跟着广东的一个大老板来到我们的镇子里，还有人猜测她得了一种难以治愈的病。苏小姐从后台探出身子来，对我们的评论报以微笑，她装作没听见，那种云淡风轻的表情，会让人打消一切疑虑。她过来帮我们几个小女生补妆，身上发出一阵淡淡的菊花香水的味道。那是，我第一次也是最后一次这么近距离地接触到苏小姐。

初二那一年我迷上了三毛的作品，跟班上几个同样爱好文学的朋友组成了一个小诗社，天天闲得无聊的时候便聚在一起写诗。如今我还保留着那时候写下的诗句，读起来让人起鸡皮疙瘩，内容多是感叹三毛与荷西的爱情，后来发现，我还偷偷在诗中描述过对苏小姐的赞美，在我心目中，她就是三毛的化身。

然而苏小姐的荷西在哪里呢?

我们曾经怀疑过的大老板并没有出现在她的身边。

高中三年我都在学校寄宿，常常周末也不回家，待在学校里看书打球。一个女孩儿不爱回家肯定是出了问题的，嗯，那会儿我喜欢上了比我高两届的一个师兄。我们是打球认识的，不知道算不算是初恋，但是我从来没有那么沉迷过两个人相处的时光。周末，我就在球场旁边看书陪着他，然后等他一起吃晚饭，坐在学校门口的那条逼仄小巷的尽头，让店家蒸一个鸡蛋米线，再煮两个茶叶蛋。我偶尔会想到苏小姐，还对我喜欢的男孩说，我们镇子里有个大美人儿，到现在都没找到对象，他愣了愣，觉得不可思议。

就好像我早恋理所当然被接受一样，苏小姐守着闺房不外嫁也慢慢被人接受了。她的荷西，或许早在青春年少时消逝，只剩下满怀的惆怅心事了吧。

后来，对于苏小姐的印象渐渐淡忘，回家的时候也没再见到过她，对面楼早已经租给了一对江西来的夫妇。

我跟我妈打听苏小姐的去处，我妈说她去了香港打工。“打工”这个词真的很不适合用在苏小姐身上，她的形象应该是长裙落地手捧一本书遥望天空的样子，这本书或许是三毛的，或许是张小娴的，或许是安妮宝贝的，她就是这些形象的综合体。我妈提起苏小姐的时候语气中带着轻蔑，后来才知道在大家的传言中，苏小姐去香港打工，其实是去做了“小姐”。

人们总是在不断地造谣和猜测，或许只有我从来都没有相信过这个谣言，也无法把苏小姐的形象跟那些站在幽暗的过道小巷里裹紧大衣的单薄女子联系在一起。

高考之后我在家长住等入学通知书，坐在阳台望见对面楼灯光的时候我就会想起当年的苏小姐，这个时候她应该有三十多岁了吧？

我妈妈说苏小姐去香港坐台去了，我用眼睛瞪着她，好像苏小姐就是我亲姐姐一般。我妈说当年苏小姐来镇子里是因为爱上了我们镇长的儿子，她说她曾经看见过他们约会，但是镇长家里不同意这门亲事。据说苏小姐在她自个儿的家里结过婚，是离婚了奔着爱情过来的，直到后来镇长的儿子娶了媳妇她才罢休。为此得罪了镇长一家的苏小姐，后来镇上的文艺会演她再也没参加过。

我一声长长的感叹，苏小姐的故事在我妈俗气的描述中变得一点都不神秘。我夜里孤坐在阳台，脑海里却浮现出苏小姐迷人的笑脸，想起白天听到的关于苏小姐的故事，想找到更多美化这个故事的线索，耳边竟响起了苏小姐哼唱的歌曲，朦胧中似乎看到了她的裙角在楼梯上的影子。

记得苏小姐曾经在文艺表演的时候穿过旗袍，一个眼神，一个动作都能打动人。我偶尔周末的时候回家，跟以前写诗的那帮朋友还流连在她租住的那栋房子周围，死死盯着对面楼里的动静，看着对面窗帘拨动的样子，想入非非。

苏小姐去香港之前结婚了，据说苏小姐当时嫁的是一个比她小的男人，家里反对，她执意要嫁，一如当年她为了镇长的儿子远离家乡奔赴远方，奋不顾身的爱情，也只有苏小姐敢做出来，听说她从娘家带了几套衣服就出来了，不给自己留任何退路，她的刚烈一如琼瑶笔下的女子。

大学毕业后我已经很少回家乡，因为爸爸妈妈都已经搬到市区去住了，镇子里的房子也已经卖掉，对于苏小姐的记忆，早已经淡忘，只是偶尔看到一些照片的时候，会想起苏小姐那时候的样子。大学时候我很迷恋安妮宝贝，其实也是脱不掉苏小姐的影响，如今却觉得这些文字阴暗又灰色，至少对于我这种乐天派来说，是一种折磨。苏小姐已经渐行渐远，偶尔去到香港，会在半山的电梯上，突然留意到一个相似的转身捏掉烟头的瘦削的身影，盯住入神，时光似乎回到三四十年代，那时候的香港，应该很符合苏小姐的气质吧？

后来在香港学习了半年时间，常常在旺角的街道巷陌里吃夜宵，半夜与同学簇拥着从弥敦道这头走到那头，看着霓虹灯亮了又熄灭，看见一些躲闪的身影出现了又消失。蓦地耳边会响起我妈妈那带着轻蔑口气的声音“她到香港工作了”。如若不是被逼，苏小姐断然不会做这样的事情，在她的世界里，除非走投无路，才会做这种走向绝路无法回转的事情吧。再或许，这走投无路，仍然是跟她的爱情有关。

后来离婚了才去香港的，我妈妈说。

她老公跟一个刚毕业的小护士好上了，把房子留给了苏小姐，男人竟然也戏剧般地奔赴自己的爱情，奋不顾身，对苏小姐的山盟海誓早已经抛之脑后。不知是怎样的百转千回，苏小姐是受了多少委屈才毅然去了香港的。在香港无数寂寞孤单的夜里，繁华过后的灵魂寄托在哪里？更何况还是一颗被伤害得支离破碎的心。

有一次回家扫墓，我终于又见到了苏小姐。

她早已经不认识我，或许她从来就没留意过我，仍然瘦削的身材，却掩盖不住单薄，眼角眉梢扫过几丝皱纹，低着头淡淡的笑。我从我妈那得来的八卦，说苏小姐从香港回来之后在镇中心小学教钢琴课，勾搭上了一个年轻教师，她倾慕年轻男人的才华，爱得死去活来，后来被人家老婆发现了，结果人家同仇敌忾，纷纷把罪状指向苏小姐，说她一把年纪还搔弄风姿去勾引

女人一辈子，哪有凄凉到把爱情当作信仰的？

我想象着苏小姐的美好人生，偶尔也会记起她曾经的岁月——虽然这些大多数与我无关。在我的人生里，苏小姐不过是一个过客。

别人老公，顿时镇上沸沸扬扬。

这消息，很快传到已经搬离镇子的我妈的耳朵里。

我心戚戚然，自从认识苏小姐以来，她这般清苦的日子似乎早已经注定，我早已经从张小娴安妮宝贝等构建的文艺悲戚的世界中走出来，唯有她一生都贡献出去当了信徒，而在自己的感情世界里，她应当也深深感受到“君生我未生有多甜蜜，我生君未生就有多凄凉”，女人一辈子，哪有凄凉到把爱情当作信仰的?

而苏小姐这一场为爱而生的戏，竟然演了大半辈子。

工作后我很少有机会回到小时候的镇子里，我太婆和奶奶一直居住在镇子上，所以每年春节我们都会回去吃一顿年饭。

小时候住的那个院子早已经拆了建新的房子，房子建得乱七八糟，我连当时阳台的方向都已经无法辨认。可是，到了夜晚新楼房里灯光亮起，窗子里闪动着一个个人影时，我脑海里又开始浮现出当年那个情景：苏小姐打开窗帘开始梳妆，对着住在对面的邻居亲切微笑，午后的阳光下她侧着脸，认真地看着书，没有人打扰她那份娴静，只有她沉溺在自己的世界里。

我打电话跟妈妈聊家常，末了提起苏小姐。

我妈说，她现在在镇子里的农贸市场开了一家水果档，听了我竟然有种为她感到欣慰的释然。也许有一天我回到镇子里，会在不经意中转到她的水果店，看见风韵犹存的苏小姐，然后去问候一声：苏小姐，你是否还记得那年，你在楼道里低低唱过的一曲《千言万语》，那时的你，是我的偶像，而今，一边招呼顾客买水果一边还拨弄着鬓发的你，似乎才真正走入我的生活中。

做一个接地气的女人，其实挺幸福的。

我想象着苏小姐的美好人生，偶尔也会记起她曾经的岁月——虽然这些大多数与我无关。在我的人生里，苏小姐不过是一个过客。

人生那么漫长，她只是记忆长河里时不时泛起的点滴涟漪，但是我感觉，在我生活的转变之中，也受到过一些警戒，这些成长来自于苏小姐。

跟那个长发飘飘困扰在自己构筑的文艺爱情世界里的年轻的苏小姐比起来，我更喜欢现在坐在水果堆旁边一边看电视剧一边逗邻家孩子玩的苏小姐。

做一个接地气的女人，其实挺幸福的。

苏小姐不过长我一轮，她的美好人生或许才刚刚开始吧。

“去了等于白去”小姐，才是人见人爱的好闺蜜

qu le deng yu bai qu xiao jie , cai shi ren jian ren ai de hao gui mi

“去了等于白去”小姐真的是姓白，白小姐每次旅行回来总爱呼朋唤友，跟大家分享她的旅行经历。可是，作为她的资深闺蜜，我并未在她每次的诉说中得到一些有用的资讯，她不停地说哪里好玩，然后打开手机相册强迫大家欣赏她的美丽照片。

然而我们都不讨厌白小姐，反而大家聚会的时候都喜欢叫上她。周末的时候大家想去看一场电影，我们就在群里呼她：“白小姐，你最近看了什么好电影？”于是白小姐兴高采烈地列出几部大片来，大家的讨论也就有了结果，因为凡是白小姐列出来的片名基本可以从选择中去掉，这种腹黑的做法并没有让白小姐感到尴尬或者埋怨，因为大家是真的喜欢她，喜欢她那种“去了等于白去”的无所谓和坦然。

几年前我在博客上写游记，把自己去过的地方都记录下来，慢慢积攒了一些人气，有点趾高气扬的时候开始觉得自己拥有丰富的经验和不可多得的才气，在朋友之间也总是显得高傲而不合群。白小姐是我的高中同学，我们

也许，不把旅行当一回事，才是真正的自由吧。

的友谊因为各自父母的深厚交情而变得特别稳固，是那种生日的时候妈妈会邀请她回家做客的那一类亲密伙伴。白小姐跟我一样喜欢旅行，去过的地方也不见得比我少，大概是因为家境优厚的原因，她的旅行完全没有功利和目的，就跟吃饭睡觉一样平常，她说去马尔代夫吧，感觉就像约大家今晚去唱卡拉 OK 一样。

自从被冠以“旅行家”的名号之后，我对每次出行带着目的性开始感到有点厌倦，我的一些长辈也时常忠告我，说你看那些把自己的照片弄得非常美，把自己的旅行写得非常精致的人，现实生活中其实过得并不好，假如他过得好就应该好好地享受旅行，哪还有时间去做那么多娱乐他人的事情。说得有点偏激，但我立刻想到了我的“去了等于白去”小姐，她就是那种养尊处优地去了很多地方但提起来却等于白去的女人。

也许，不把旅行当一回事，才是真正的自由吧。

“怎么会等于白去呢？”白小姐总喜欢给自己狡辩，然而这已经变成了她的口头禅，她嘀咕一句不满别人对她的评价，然后便笑嘻嘻地不再做任何解释。她冬天的时候去悉尼度假，夏天的时候到纽约纳凉，坐下来跟我们喝茶的时候却错把悉尼当作了澳洲的首都，把纽约的布鲁克林大桥安到旧金山去了，她并没有故意出丑引起大家的注意，因为每次大家更正了她的地理知识之后她仍然错漏百出。她摊摊手，无所谓，就是记不住怎么了，反正又不是站在讲台上授人以渔。

我看着她一脸天真的模样，想起自己以及圈子里那些在舞台上把自己武装成什么都懂的姿态的人，突然觉得有点羡慕她的生活。在白小姐的家里总是有一堆路书，高高地束在她书房最高的角落里，而随手可拿的往往是无须用脑的时尚杂志和美食杂志，我说白小姐你去旅行完全没有规划的么？她傻傻地笑，说去了就好，有时候就是奔着一家餐厅去的。

有一次我终于跟白小姐一道出行，选了离家不远的厦门市，厦门虽近但是白小姐并未去过。我在动车上跟她灌输各种厦门旅游的小贴士，我说咱们先去增厝安吃顿美味的海鲜，再去厦门大学看凤凰花，第二天来一场环海路的骑行，再去鼓浪屿听涛声吧，白小姐听得太入神睡着了。那趟小旅行我想我终生难忘，我们住在鼓浪屿的小洋房里三天没有搭船出过岛，因为天气太热，白小姐领着去过无数次鼓浪屿的我，每天日出而作日落而息，坐在岛上的奶茶店里玩塔罗牌，好像还听了几场小音乐会，唱什么歌我都忘记了，但那次度假出人意料地轻松自在，是我睡眠最好的一次度假。

闺蜜时间大家对旅行的问题总是乐此不疲，大家觉得现在坐动车去厦门实在是周末度假的好去处，问去过厦门的白小姐提点建议，白小姐吸了一口

旅行的初衷不过就是为了放松身心而已。

手中的泰式冻柠茶，说了一句让在座的人都非常惊叹的话，她说：“要是张三疯奶茶店里能喝到一杯加了薄荷叶的冻柠蜜，该是多么幸福的事情啊。”

白小姐真的很幸福。我们从此再也不指望从白小姐口中得到有关旅行的任何资讯，这位据说去过几十个国家的女人对世界地理的位置永远处于初中水平，她忘记了自己去过的那些著名景点的名字，也常常搞不清楚自己在手机里储存的那些到此一游的照片具体方位是哪里，她常常会跟我感叹在巴黎吃的一家马卡龙店真的非常赞，给我看的照片却是泰国一家五星级酒店里炮制出来的西式甜点；她说斯里兰卡的茶真是好喝啊，手里捧的是刚吃过日式料理后用来漱口的煎麦茶……这样的例子层出不穷，却给我们的聚会带来很多乐子。

这种无所谓的状态或许是与生俱来，又或者是有着过人的智慧才修炼而来。

我在想，或许因为旅行对她来说是轻而易举的，所以才会把很多人为之奋斗的梦想当作“无所谓”的身外物，但是白小姐并不是没有环游世界的梦想。她现在最想去的地方是撒哈拉沙漠和北极村，她的愿望并不伟大，她只是想去沙漠里吃甜得发腻的阿拉伯蜜枣，然后在北极村穿上她买了多年却未穿上的某件极其保暖的防暴风雪的豹皮大衣，她说若穿上这件衣服还觉得寒冷，她以后就再不是那个品牌的粉丝了。

白小姐旅行的目的总是直接而简单，她搞不清楚东西南北，总是记错地名，她不会为了去一个地方做很久的功课然后买一堆有关当地历史的知识书。她旅行回来的时候总是很轻松，完全没有风尘仆仆的感觉，也会指着我拍的某一个世界名胜的图片，说一句好像昨天梦见过这里的话。

我想到晚上要写的几万字的游记，想到要处理的几千张图片，就突然觉得，“去了等于白去”的白小姐过得很潇洒，并不是因为她有钱去旅行，平日里她也是在外企里奔命工作的小白领，吸引我的是她那种对旅途无所谓的状态，让我顿悟，旅行的初衷不过就是为了放松身心而已，有什么需要通过旅行去升华的？有什么历史需要通过旅行去见证的？都不过是过眼云烟，自己给自己设置了诸多屏障而已，又或许，那些围绕在身上的各种光环，让我习惯了拿“我今天去了哪里”来见证自己的见多识广，却忽略了其实自己真正想要的是白小姐那种轻松自如的状态而已。

在《甄嬛传》里，皇上雍正说过，听话乖巧简单的女人最可爱，暗示了像甄嬛这样爱折腾的“文艺女青年”其实并非自己的理想伴侣，无疑白小姐便是这种可爱女人，她的好人缘源于她看起来不咄咄逼人的气场。而我每次也能在白小姐身上学到这种品质，这种无所谓的状态或许是与生俱来，又或者是有着过人的智慧才修炼而来。总而言之，都是我呈现出迫不及待表达自己的那种自负时，对自己的一个提醒和追求，于是我也学会了当别人让我给点自驾美国公路经验的时候，也能笑笑说：在 17 miles 的度假酒店里，对着大海喝一杯 mojito 真的很销魂！以此来代替我以往绵延不绝的各种介绍和“自以为是”。

“去了等于白去”小姐难道不是一个人生的赢家吗？

你留住的不是一处风景，而是一处生活

ni liu zhu de bu shi yi chu feng jing , er shi yi chu sheng huo

辞职好长一段时间了，当初的惊心动魄早已经归于平静。世界并没有因为辞职而发生变化，命运也没有因为辞职而发生扭转，每天太阳照常升起，大海还是潮起潮落，花到了春天照常开放，大地到了冬天仍然凋零，没有走到世界尽头的恍然大悟，摄影技术也未曾因为去过更多的国家而更有长进，口袋里仍然是那几个可怜的铜板，爱吃的菜也终归是一只手就能数过来的那几样。

唯一的变化就是，当初想要的自由得到了。上班的时候曾经拿自由相对论来安慰自己，比如想要得到某些自由就必须放弃一些自由，总是在安稳的日复一日的朝九晚五中强迫自己去证明，然而当你放弃一切重新再定义这个词语的时候，才发现当初先辈们抛出“若为自由故，两者皆可抛”是一种多悲壮的凛然气势。那种在旅途中寻找到的创作灵感，为了磨合时差半夜起来讨论项目合作细节的无奈，为了发布一条新闻而在陌生街巷寻找有网络咖啡馆的经历，放弃与家人的团聚而在异乡度过的无数个日夜和节日，让我体会到，自由的相对论，在任何时候任何空间都会发生。只要你还和这个世界有

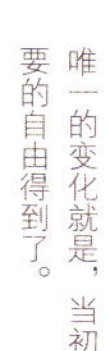

唯一的变化就是，当初想要的自由得到了。

联系，只要你还是这尘世中挣扎的一分子，你必将遵循一些规则，去得到自己想要的东西然后放弃一些东西。

曾经信誓旦旦在辞职宣言中说过，自己辞职不是为了旅行，也曾经在很多场合强调自己的旅行跟别人的旅行的不同，觉得这样可以更加鲜明地标榜自己独立的个性，只是事到如今仍然没有办法压住全场郑重地宣布一声：我不再旅行。也许只有走过繁华满地的时候，才会尘埃落定般地宣告退出舞台。然而却总是人在江湖身不由己，一边低调地仿若隐居一样不再出现在众人面前，一边又马不停蹄地进行着下一个计划，旅行箱从来都不是空着的，每一次出门都带着上一次旅途未用完的洗漱用品，未看完的书，在漫长的航班中写了一半的文章，一场只看到三分之一的电影……

无忧无虑地去了很多地方，不用顾忌请假的尴尬，不用担心还有未完成的任务，也没有半途中打来的咨询的电话，手机处于一种从未有过的平静当中。从这个国家到那个国家，有时候蜻蜓点水，有时候偷懒驻足，回忆起来却没有半点可以向人提及的东西。我终于明白，在这样反反复复的旅途中，我并没有得到自己想要的东西，那些虚构的理想，在虚荣的自我的吹嘘中变得无足轻重。我必须在一个地方住下来，放弃自己拖着旅行箱四处环顾不知所措的状态，去过一种本地人的生活，头脑中丢掉旅行的概念，重新把生活拾掇起来，我反思并检讨自己的耐性，开始为自己曾经在西班牙的街头接到改签机票回家而感到忧心忡忡，也为自己每次出发前做一堆无用的攻略而感到乏味。

我带着这种状态开始重新定义自己的旅行，确定一个想要达到的地方，去实现它，用最原始的方式。放弃景点也放弃传说，自己所能感受到的才是真实的，哪怕只有一点点。我开始尝试在一个陌生的城市中暴走，在深夜的街道里观察夜归的人，凌晨起来去菜市场，寻找那些在角落里不被发现的灵魂。有时候这样的观察只有一两天，有时候会持续半个月，但我终究找到了我想要探知的方向，而不是人云亦云地在搜索别人推荐的地方。当我在莫尔道嘎的澡堂子里看到赤身裸体的妇人用麻利的动作为客人擦洗身子，当我在台南的郊外拎着一捆来之不易的旧书打不到车子却仍然兴高采烈地走了几公里路，当我为了一次美丽的日落拎着烧酒在酒店的阳台等待而放弃出去购物逛街……我仿佛找到了我曾经认识的那个自己。

有过那么一段时间，我自诩自己是一个女摄影师，并为此感到自豪，好像背着沉重的三脚架和相机，就等同于找到了一个安放自己的位置一样迫不及待向世人公告自己的与众不同的气势。但是很不幸，我慢慢发现当每个人都自诩自己是摄影师并拿出图片证明自己也会拍照的时候，我的骄傲被重重摔在了地上，这种疼痛其实并不激烈，就犹如一场暗恋失败却无法广而告之在这样反反复复的旅途中，我并没有得到自己想要的东西，那些虚构的理想，在虚荣的自我的吹嘘中变得无足轻重。

自己的痛苦，是深夜突然醒过来时一种找不到方向的不知所措，隐隐的如吃错了东西而胃疼。

我去找我曾经敬仰过的摄影老师述说自己的困惑，他问我，辞职这么久，摄影技术有没有什么进步？我摇摇头说看不到也没感觉出来。他说，技术的长进可以通过阅读书籍和观摩别人的作品而得到，但是，关键不是这个，是你的内容，你拍到了什么，而不是你拍得有多美。我顿悟，确实如此，每个人都是一个特别的自己，你看到的东西，你所想到的事情，你所要表达的，不可能是千篇一律的美景，相同的东西，在不同人的眼里表达出来的内容也不一样，摄影，其实就是为了记录这些不一样的东西存在的，而不是去抓住那些重复的美景和光影。至少，这个观念对我是适用的，在技术上，我不可能去追赶资深著名的摄影师们，在内容上，我也比不过新闻记者，所以，要找到自己所想所要的东西，然后带着这个灵感去生活里捕捉。

于是，摄影对于我变得越来越简单，大块头的机器不断被淘汰，但淘汰

当你用简单的方式去记录你的旅途和生活的时候，你才有更多的时间去享受这段生活和旅途。

或不用并不代表自己不会，基本的理念是必须掌握的，不断的学习和追求是进步的基础，只是不去过多地追求极致和完美。我不是一个器材无用论者，打个比方说吧，当你觉得你的文字更能捕捉到你的灵魂的时候，图片便是一种辅助，当你觉得图片更能找到你心中的那个灵光，那文字便只是暂时的记录，所以，做自己擅长的事情很重要，因为每个人的生命有限，我们不可能事事求全。到后来我出门只带卡片机甚至手机的时候，我感到从未有过的轻松和自在。如果这样简单的拍摄不能称之为摄影，那我们就称其为记录吧，当你用简单的方式去记录你的旅途和生活的时候，你才有更多的时间去享受这段生活和旅途，而不是把大多数时间花在创作作品上。当然，我也尝试过为了一张照片而静静等待雾散去雨停了的诗意，只是我更享受那种等待的过程罢了，最后有没有成功，已经不重要。

辞职之后，我的旅途变得更加孤独。以前出门只能选择在周末或假期，会有很多志同道合的朋友附和，我喜欢热闹，正如很多人不得不在吵闹的街市或酒吧里找到自己的价值一样，我是这个聒噪的世界里毫无特色的一分子。村上春树说过："没有人喜欢孤独，他只是不想自己失望而已。"孤独，是在没有选择下的选择，而走上一条孤独的路，需要决裂般的勇气，告别过去，告别温暖的人群，甚至道貌岸然地做出一些违背传统观念的行为。你不知道这些行为曾经无形之中伤害过自己的朋友和家人，但你已经无法改变自己的选择，因为选择了就等同于给了自己信仰，追求信仰的过程是需要付出代价的。

路是自己选择的，你就要去接受它带来的遗憾。如果你选择了一个目标，并为此坚定走下去，努力去取得成绩，才不辜负已经放弃的舒适生活。我们

我想留住的不是一处风景，
而是一处生活。

在不断的遗憾中重新塑造自己，不断地寻找自己旅行的真正目的。我常常想，旅行跟度假的根本区别也许就在于，旅行选择的是一种生活，而度假却是休息。一个人选择出门远行，跟他的生活环境、人生轨迹、早年的愿望，以及生活中无法排解的困惑有很大关系，是由内心最复杂的感情，推动他走出去，就如同选择了一种人生，必定会放弃另一种人生一样，到处充满着遗憾和矛盾。但这些却造就了旅行人生的悲壮，也伴随着落寞和迷惑。

有时候我独自走在异乡的路上，睡在陌生的床上，吃着并不可口的饭菜，梦里依然会回到熟悉的故乡，看到自己家里窗前的阳光。出行并不是一件很舒适的事情，漫长的飞行，无目的行走，无法排解的寂寞，深藏在内心深处的对过往的一些牵绊，继续生活下去的琐碎事情，甚至会想到很久以前的一场恋爱，一个走失了的恋人，一场分手时候的细雨，一个不明原因离开的朋友，一些这一生再也无法相见的陌生人，也会想到以后自己的孩子是不是也同样会走一段这样孤苦的路……也许旅行者的命运，在于她走出家门的那一刹那，她注定要跟另外一个世界交换感情，她没有退路只有前行，背负着路途中所有痛苦，与无常的人生从此打上了交道吧。没有哪一种人生是最好的或者最坏的，关键是你在真实地体会这些快乐和痛苦。

站在纽约昏暗又潮湿的地铁站，看着站台对面来往的人群，想起那些在小说里和电影里描绘的情节，心中总会有一种无言的感慨。倘若不是对这座城市有特别的感情，也许我也会像很多初来乍到的游客那样，对这座国际大都市热情歌颂，像旅行书里那样赞扬她无处不在的热情和自由。然而当我在这里住下，每天下楼右转坐地铁去唐人街喝一碗艇仔粥买一斤便宜的车厘子，冒着寒风回到住处先到门口的便利店要一杯温热的咖啡，等待次日的清晨朋友从远处开车过来一起去法拉盛吃一根油条和豆浆，然后找一个清风明媚的周末到大都市博物馆看一天的展览，再步行三十个街区沿着第五大道一路走回住处……我怀念这些平常的细节，多过站在自由女神像前留影，在帝国大厦俯瞰，在布鲁克林大桥穿梭。爱一个地方正如爱一个人，当你心中装着她的时候，你不再愿意向别人去炫耀她赞扬她的美，而是把所有的美好都深深藏在心里的某一个角落，在独处的时候，拿出来欣赏。那是一段属于自己的美妙私密时间，这就是我想要的旅行。

我很庆幸，自己可以在路上完成很多工作，可以在时差还没颠倒过来的异国他乡，夜深人静时，在陌生的灯光下，联系工作和写稿子处理图片，我庆幸可以在一个地方住下来，不再走马观花地向别人吹嘘我曾经来过，我想留住的不是一处风景，而是一处生活。

有空小姐的幸福生活

you kong xiao jie de xing fu sheng huo

目前来说，加入有空小姐行列最幸福的一件事，就是哪里有雾霾，就可以避开哪里。

以前我认识的有空小姐，都躲在王文华老师写的文章里，有空小姐是日理万机的总经理，又是对朋友来者不拒的老好人。有空小姐永远都有空，很闲，永远都能接手机，日子过得自由又有弹性。

一直以来，我的梦想就是做一名有空小姐，因为可以随时掌握自己的时间和生活的节奏。

然而，说起来容易做起来真的很难。到目前为止，我和一些认识的朋友在内，都只能做到“基本”有空，没法达到王文华老师提到的“在任何时空、情境、团体中，都能做自己”的境界。但，“基本有空小姐”也过得挺满足的。

有空小姐永远都能接手机，因为她没有太多的原则和禁忌。我面对的状态则是，经常可以不接手机。家里没有万分紧急的事情非要找我去处理，没

有质量的交往，是有空小姐给我最大的启示。

有朋友跟我借钱，没有恋爱谈到要煲电话粥或者每隔两个钟要报到一次的程度，最幸福的是，没有工作要求长时间处于待命状态。所以，我的手机总是有电，经常丢在一边就找不到了，更没有隔几分钟就要去瞄一眼有没有人找的习惯。手机对我来说若有若无，很多时候就是晚上查一下邮件，看工作是否需要跟进。

我认识的有空小姐也很潇洒，而且有点霸道，对于她来说，有空并不是随时能约到，而是一种没有太多约会的状态，她的交际空间不是特别广，交心的朋友来回就那几十个。有空小姐很难想象，超过一千朋友的朋友圈是怎么维系关系的。有质量的交往，是有空小姐给我最大的启示。

有空小姐自然不是任何人的约会都会奔赴，她只关心自己关心的朋友，没有拖泥带水的客气和人情。她当然也不会把不爱打麻将的朋友凑在麻将房里打扑克，更不会把爱宅家的人带去咖啡馆听旅游分享会。

她尊重每一个朋友的喜好，不轻易把大家硬生生拉到一起开 party。

这个地方，可以是自己想去的地方，也可以是熟悉的家里，会有相对固定的一段时间，一段生活，而不是随时处于奔波的状态中。

这世界很公平的是每个人都有权利选择快乐。

越快乐的人，越好约，这点倒不错，有空小姐是因为过得好，生活才充满了弹性。她可以为任何一个自己认为重要的约会，而放下手中的工作，她通常是聚会里常见到的活跃分子，同时也是同学会里经常缺席的主儿——同学会和跟家人吃饭这样的小事，他们通常排到日程的最后一项。

有空小姐生活的弹性当然不只是表现在好约上，还表现在对时间的自由控制上，比如，从来不迟到。不迟到是一种美德，虽然听起来并不是特别难做到，但是对于女孩子来说，这点还是很难坚持，因为大多数女孩子从小心里就树立了一种让人等待的概念，这点真的很不好，因为现在很多人去过国外，感受到了其他国家女性独立从容贴心的性格之后，真的很难再容忍这类女孩的公主脾性。当然，并不是说爱迟到的女孩就过得不好，只是有空小姐从来就把时间控制得游刃有余，对她来说，早到半个小时从容地看一本书，绝对比匆忙赶到或让别人焦虑等待，更有质量。

作为有空小姐的一员，我也并没有觉得辞职是成为有空小姐的必要条件。

辞职越高调，生活越窘迫。有一份好的工作，是一件幸福的事情，生活得从容，并不是说一个人处于“无政府”的状态，而是在规律中寻找生活的亮点。我认识很多朋友，每天参加各种不同的活动，每天穿梭在不同的机场，当然不否认这样的生活让人艳羡也很快乐，但是我从来没有向往过。我更愿意找个地方住下来，这个地方，可以是自己想去的地方，也可以是熟悉的家里，会有相对固定的一段时间，一段生活，而不是随时处于奔波的状态中。

有朋友也会质疑我，有空小姐，大概就是传说中的富二代吧，有钱当然是有空的前提。可是，从小到大我并没有富有过，我的父母是医生，拿着薪水过日子，我的工资也仅仅能支持我不挨饿不受冻，但是这并不影响有空小姐过上幸福的生活，这不是我一个人随意得出来的谬论，而是我身边很多过得开心的朋友一致认为的。

当然，有钱会更好，有钱才能更从容，有钱任何事情都变得容易起来，有钱就任性，时间都可以买得到。

然而，我们面对的现实是，不是每一个人都能幸运地赚到很多钱。

但是，这世界很公平的是每个人都有权利选择快乐。做有空小姐并不是多难的事情，难的是保持一种有空的心境。比如，有空跟父母好友吃一顿饭；比如，参加活动早到半个小时；比如，处于一种不被随时召唤的状态，可以放下手机，好好呼吸新鲜的空气，可以不用发微博，好好看风景。又比如，每天都有时间，停下来，安静地思考，等等。

这些，跟有钱没钱一点关系都没有，不是只有日理万机的总经理才能办到的事情，也不是拥有一辆超级跑车，才能做一个追赶时间的人。

说到最后，有空小姐的缺点其实也不少。

她的状态就是“有空”，是真的有空，因为她没有恋爱要谈，没有几百万的项目要策划，不需要待在家里等别人下班，也不处于要给人做饭的幸福中。她总是能随叫随到，所以，判断一个人是不是真的快乐，也不能一直用是否有空来衡量，幸福都是相对的，有空小姐很自由，没空小姐也过得很好。

若哪天有空小姐突然没空了，说不定，她新的人生才刚刚开始。

美好的人生
都不需要表白

mei hao de ren sheng dou bu xu yao biao bai

早前看过一篇文章，大意是这样的：

很多不化妆的女孩子总是不屑或抱怨化妆的女孩，觉得她们不够真实，好像全世界化了妆的女人只要卸了妆，都没她素颜好看，其实她们标榜自己素颜，不过是一种虚伪的表现，她们只是不够漂亮而已。

此话，对我们这种只是把素颜当作一种生活态度的人来说，刻薄了点。

在这个喜欢炫耀的社会，我们走在大街上看到浓妆艳抹的女孩，会觉得清纯简单的邻家妹子实在可贵；看到抽雪茄的土豪，会觉得叼着一根本土香烟倒车的小伙子落寞又真实；如果有人说喜欢吃法餐逛博物馆，一定会有一帮人反驳他，大赞吃路边摊穿拖鞋逛街的人才更率性；有些男人也总是表态说自己就是喜欢简单无大脑的花瓶女孩，殊不知聪明智慧的女博士根本就不会多看他几眼……总有一群人在为另一群根本与自己无关的人，操心太多。

我们都喜欢用亲民的方式得到更多人的喜爱，或者以一种高冷的姿态与一般人划清界限，但事实上内心却充满着更多虚荣矛盾的东西。比如，在街总有一群人在为另一群根本与自己无关的人，操心太多。

边喝杯啤酒吃烤串就嘲笑人家在五星级酒店里品香槟切牛排；比如，突然心血来潮去献血便嘲笑别人弱不禁风大热天还围着头巾；比如，穿破洞牛仔裤的总爱嘲笑穿超短裙的；再比如，每天去高级会所练习探戈的女人回家经过广场的时候总爱嘲笑一下跳舞的大妈们……如此等等。

不知道从什么时候开始，我们说什么做什么都喜欢下定义。

比如，这个女孩爱打扮，每天只知道逛街买衣服，于是说人家没有内涵，但是人家好歹也是高校毕业，曾经风云职场，历史地理样样精通。在大家眼里，大多数事物非黑即白，这个女孩若表里优秀，那一定有人拿她婚姻感情不幸福来放大，“这么大年纪还不结婚，估计有过童年阴影吧”，好像不揪出一点错处，就觉得不甘心一样。

有一天我去一个老师家做客，纵观我最近几年的作风他给出了如下判断：说我做事喜欢找立场摆态度，比如自己花不起钱住五星级酒店，就狂赞住小旅馆的乐趣；自己没有一份稳定的工作，就爱在人面前展现所谓的“享受自没有谁的人生过得更高尚，也没有谁的灵魂凌驾于别人之上，都不过是生活琐碎而已。

由”；自己买不起机票，就说搭火车才是真正的旅行；自己拍的照片很烂，就嘲笑人家照片 PS 得太过分；自己的英语只是小学水平，便游说小朋友不会英语也能走遍世界；诸如此类。最后，还不忘给我忠告，说做人处事低调一点，没事的时候不要在公众场合瞎嚷嚷。

很多时候，我也一样喜欢用自己的眼光和价值观去评判别人。

自己坐在家里无聊看电视，看见别人周游世界发吃喝玩乐的微信，心里很是不爽，于是自我安慰旅行并不是要去远方；看不起抢红包和打麻将的人生，于是整天写一些心灵鸡汤麻醉自己；跳广场舞的大妈发表了感人肺腑的励志演说，便觉得那些请私人教练在家里跳国际舞的人实在是高处不胜寒。如此言行，其实都可能给别人带去伤害，就好像别人帮你拍照永远没有你的自拍好看，这是因为我们都会把自己的优点放大，却拿着放大镜去审视别人身上的缺点。

看似素颜简单的人，可能私底下并不简单；整天浓妆艳抹的人，或许心甘情愿跟着男朋友住出租屋吃路边摊；经常住五星级的人可能每天就在酒店里给酒店写软文；住在村子里喂蚊子的，说不准整个村子都是他买下的；整天去音乐会博物馆的人，也许只是为了拍一张照片；跳广场舞的大妈有可能是于丹的同学；穿着礼服打扮精致的可能是饭店迎宾小姐；打着赤膊穿着拖鞋的说不定就是珠三角第一富翁。抽雪茄就一定是土豪而不是做卷烟的小贩（古巴街头到处都是）？照片拍得不好的人他就不配欣赏这个世界？

这世界有太多我们不知道的秘密，太多不为人知的经历和辛酸，别人的生活我们无从考究，存在的就有依据。

懂得不以自己的角度去单方面看待问题看待别人，这是成长也是成熟。

一花一世界，一叶一菩提，大概就体现在用善良去包容别人的一切吧！

其实，自己心胸开阔一些，人生哪来那么多纠结呢？土豪与土鳖，各得其乐，都生活在这个三维的地球上。没有谁的人生过得更高尚，也没有谁的灵魂凌驾于别人之上，都不过是生活琐碎而已。

Y小姐的人生哲学

Y xiao jie de ren sheng zhe xue

Y小姐是我一个大学同学，我们相处甚久。

大学毕业之后，能见面聊天的人不多，Y小姐是其中一个。怎么说呢，我性格比较软弱，跟Y小姐臭味相投，这大概就是我们友谊能一直保鲜的一个重要因素。只是我的软弱在不断的磨炼中变得越来越彪悍，而Y小姐却从来没有改变过她的温柔，仿佛这世界从未亏欠她什么。

Y小姐让我印象最深刻的，是她谦让的性格。

我不知道这是否得益于她小时候“孔融让梨”学得透彻，这种性格伴随着她直到现在，分毫未减。所以刚认识她那会儿，每次我们去打热水洗澡，她都会把热水先让给我，以至于有一次因为人太多而不得不用冷水洗澡，她擦着湿漉漉的头发出来给大家一个真切的笑脸，说：“没什么，还好啦。”我记得那是圣诞前夜，寒冬袭人。

于是，“还好啦，没什么”成了Y小姐的口头禅。

谦让的Y小姐，并不是过得太将就。她出身书香世家，父母亲都是知识这个要争取，那个要得到，反而就忘记了生活的很多乐趣。

分子，大概是从小到大受到太多苛刻的礼仪家教，她非常介意别人对她的评价，她宁愿用谦让来换得别人对她的尊重。毕业那会儿学校就有几个留校的名额，Y小姐算是成绩佼佼者之一，可是她把名额让给了一个从农村出来的同宿舍的同学，自己只身去了一家外企，当时大家都替她惋惜，她却笑笑说："还好啦，外企还不错。"几年后，那些留校的朋友们仍然待在办公室看报纸，Y小姐已经去了好几趟国外进修回来。

已经在国外镀过金的Y小姐回来后身价大涨，找对象的时候自然就更加小心谨慎。当我们都觉得Y小姐应该找一个门当户对的外企高才生或者企业高管的时候，我们发现她喜滋滋地领着自己的经济适用凤凰男踏进了婚礼的殿堂。大家目瞪口呆，那男的怎么看也衬不起德艺双全优雅美丽的Y小姐啊？Y小姐过来敬茶，在姐妹们耳边呢喃："其实他还好啦，大家不要那么挑剔嘛。"我们分别再仔细瞧瞧那男的憨厚模样，男人温暖的眼光就没有从Y小姐身上离开过，大家释然，但愿Y小姐幸福吧。

聪明的男人，都知道回家的路才有温暖的灯光。

让人大跌眼镜的是Y小姐生孩子之后就毅然辞职当家庭主妇去了。这个决定成了朋友圈里议论最多的话题，一直以来大家都觉得Y小姐的老公是吃软饭的男人。后来大家打听到原来Y小姐把自己辛苦筹的钱给了老公开公司之后，更加惊讶，纷纷感叹Y小姐怎么那么不会当女人。她在身边朋友的非议中度过了几年神出鬼没的日子，有一次同学聚会，大家得知Y小姐老公的公司规模已经大到可以为失业的同学谋得职位的时候，这些风声在朋友圈里又爆炸传开了，Y小姐果然是少奶奶的命啊。

有一天Y小姐请我吃饭，神情里带着一些沮丧，跟她相处了将近十年，我很少看到她这个样子。她把自己的事情娓娓道来，原来老公事业成功之后，对她的感情越来越淡，外遇的女人还打过电话来威胁他们的婚姻。我大怒，这男人不但不知恩图报，还反过来刺自己的恩人一刀，我把我所知道的对付外遇男人的办法一一列给了Y小姐，我想以我对情感的经验，这是对付男人最好的办法，一不做二不休，怎么也得给男人尝尝劈腿的后果，其实这些经验都是看《知音》得来的，大多属于纸上谈兵。

我想Y小姐绝对是领悟能力很高的高智商女人，分开之后我一直等待她的好消息。

几个月之后果然有喜讯，我在朋友圈里常常看到Y小姐对生活的积极态度，之前见她时的那种哀怨气息早就被她抛到九霄云外。我发私信给她："把老公搞定了？"她回我一个可爱的笑脸，我更加坚信自己的那套"御夫之术"奏效了。

后来才知道，Y小姐根本就没有按我的方法对付过她老公，她仍然做的是她自己，事事谦让。她跟老公谈："如果你觉得她比我好，就跟她过吧。"然后熨平衣服，帮男人打好领带，送男人出去"加班""出差"。她不介意把男人谦让出去，只是聪明的男人，都知道回家的路才有温暖的灯光，结果一如她所料。Y小姐看上的凤凰男，果然跟她一样聪明，不然两人如何般配呢。

正如Y小姐所说，其实让一让，没什么，人生不过就是饥来餐饭倦来眠，这个要争取，那个要得到，反而就忘记了生活的很多乐趣。我望着她一如既往的轻盈的身影，便嘲笑自己想得太多了。

我喜欢你，
但也不讨厌他

wo xi huan ni , dan ye bu tao yan ta

小时候生活在粤东客家城市里，粤东靠山，家里经常能吃到很多山珍，但对许多热带水果则是闻所未闻。

第一次听说榴莲，是在电视上。那时候身边的人，都不爱吃榴莲或者未曾听过这个物种，包括我在内，都喜欢用吃不到的葡萄是酸的来形容自己独特的口味。这，是山里人比较狭隘的一种价值观。

“我最怕榴莲那股臭味。”

在我说了无数次这句话的时候，其实还未尝过榴莲的滋味，对这种热带水果的偏见就在人云亦云中产生了。从此，我便真的见到榴莲就躲开，闻到它的气味就开始掩住鼻子，对吃过榴莲并在我旁边赞赏的人嗤之以鼻：“你怎么不考虑一个对榴莲敏感的人的感受？”至于我什么时候对榴莲有过过敏反应，无从考究。

后来，我去广州读书，学校外面的水果摊上到处卖榴莲。宿舍的同学，除了我坚持矫情不吃榴莲之外，没有一个能拒绝榴莲诱惑的。她们对榴莲的这么多年过去了，去了不少远方，才发现当年一直不屑的城市，却有一种让人留恋的气味牵动着自己无处安放的心。

品尝，似乎带着一种天生的优越感，让本想标榜另类的我带着些许的惭愧，直到有一天我在她们的“逼迫”下尝试了一口榴莲蛋糕，我竟然对那股厌恶了许多年的气味开始产生了兴趣。一口咬下去，并不觉得像吃毒药那般难受，再一口咬下去，甜中带香的气味开始刺探我的味蕾……后来，我竟对榴莲味道上瘾了，层出不穷的各种榴莲糕点糖果冰激凌，我几乎都趋之若鹜，而同时我也发现，那些之前跟我一样对榴莲嗤之以鼻的小伙伴们，后来也都加入了爱榴莲小组。

我为我说过讨厌榴莲而感到后悔。

在饮食上这种例子层出不穷，客家人爱吃鸡肉猪肉，所以一直以来我不太爱吃鱼，再加上难得的一次吃鱼又遇上被鱼刺卡住的经历，家里的餐桌上会极少出现鱼。然而，生活中很多事情造成了我们对一样事物的偏见，我们说不喜欢，但事实上是对这个事物不了解或者了解片面，假如不是后来吃鱼的机会越来越多，鱼的营养和烹饪方法让我对“不吃鱼”的坚持终于投降，我是不是这辈子就失去了吃鱼的机会？

当年我有多嫌弃这个城市，如今我就有多依恋这个城市。

不要自己给自己设置一条独木桥，把自己的人生堵死在你了解不够的事物上。

丧失了无数个可能？

至少，丧失了无数品尝鱼的美味的可能？

大多数人爱用我喜欢这个、讨厌那个，来表现自己的一些行为习惯，希望以此作为标签把自己归类，但事实上，这种做法往往扼杀了你对另外一种事物的了解。有些人会觉得自己的偏颇，在固执中带点可爱的坚持，也不失为一种个性，但喜欢跟讨厌并不冲突。

后来我在学校工作，远离了我曾经梦想的在外企叱咤风云的美梦，于是我每天都穿着牛仔裤T恤衫上班，踏着平跟鞋球鞋在学校里当孩子王。我看见我那些在企业里上班的同学，高跟鞋职业装全副武装的样子，心中有些得意，那种“扔掉高跟鞋，素颜活出真自我”之类的优越便随之而来，填满我因未得到而生出的虚荣心。

“你们过得累不累啊？”

我常常用这种站在高处的姿态去看别人，好像全世界只有我一个人会享受生活一样。我认定了自己的生活方式，便想尽办法去否定别人的生活方式，这种姿态自然是坚持不到最后就被击溃的。

话说，高跟鞋有高跟鞋的世界。

如今，我仍然喜欢牛仔裤球鞋，但偶尔也会穿高跟鞋；我爱在路边摊吃烤串各种卤味，但也不拒绝高级餐厅里精致的美味；我享受自由不牵绊的生活，但也觉得有规律受约束也是一种不错的状态……生活中只有不拒绝，才会有各种无数的可能。包括感情。

我身边有一些女孩子特别决绝，不是说这样的性格不好，在很多事情面前，能够果断决绝的人往往会有更大的魄力，但是她们往往过得并不愉快。我也曾经是这样一个“喜欢这个讨厌那个”的低维生物，所以错失了很多值得珍惜的人。我会因为对方一段不太理想的过去而判断他的为人，会因为他交往过的人而判断他肤浅的眼光，也会因为他一个无心的过失而恼怒，不再给予机会，所以常常一个误会便会把两人的感情置于岌岌可危的状态，所谓的爱憎分明，其实就是不再给自己机会去认识别人优秀的一面。

很多年前，父母不喜欢我远行，所以我选择了就读广州的大学。少年时的梦想照进现实，感觉是山重水复疑无路，那时候，我多想像其他小伙伴一样，拿着一张来自远方的录取通知书，收拾行李，告别亲人，只身走天涯。远方的无数不可知的诱惑，吸引着我，仿佛只有离开故乡，人生才有更多可能。

然而，这么多年过去了，去了不少远方，才发现当年一直不屑的城市，却有一种让人留恋的气味牵动着自己无处安放的心。去到干旱的地方，我会留恋广州湿润天气；肠胃受伤，我会牵挂广州清淡的饮食；在酒店里住久了，就想回到广州自己的窝里待着哪儿都不去；这座城市的包容和接地气，人们生活的低调日常……都成了我的依恋。

当年我有多嫌弃这个城市，如今我就有多依恋这个城市。

所以，当你讨厌一件事物或者一个人的时候，不要因为当时情绪的影响而断送了通往生命另一种可能的渠道，“我喜欢你 但也不讨厌他”，或许这才是最合理的处世哲学。

不要自己给自己设置一条独木桥，把自己的人生堵死在你了解不够的事物上。

人生的趣味在于，一边现实一边理想

ren sheng de qu wei zai yu , yi bian xian shi yi bian li xiang

对于把减肥当作奋斗目标，却又嗜肉上瘾的人来说，她的生活就是一个矛盾综合体。

我并不否认自己常常处于这样的纠结中，但生活的趣味也因这矛盾变得立体丰满起来。

客家人对肉食多有偏爱，几乎没有一道菜跟肉无关。而永远只信奉自己的辛苦劳作才能换来幸福平安的客家人，在吃肉上更是百无禁忌。只是，这些来自自然赠予的做一个吃货的优势基因我并未传承下来，读了十多年的书后彻底把自己的胃弄得斯文起来。

有时候我会觉得，一个无肉不欢的人，跟一个清心寡欲吃素的人比起来，显得更加生动从容自在。至少，他不会是自私的人。

对于吃肉我们都有一个底线，吃什么样的肉也有自己的讲究。

我有个朋友从来不吃羊肉，起源于他小时候就没吃过羊肉。他妈妈的菜

我并不否认自己常常处于这样的纠结中，但生活的趣味也因这矛盾变得立体丰满起来。

谱里没有这一菜品，我想这话要是被草原上的老百姓听到会笑掉大牙，对于他们来说人生下来不吃羊肉那怎叫活过？这些吃食上的怪癖，大概就是动物与人类的区别吧，人的成长环境总是影响着他一生的习惯，包括饮食以及味道的选择。

我有一个朋友念书时的愿望，是能独自吃一只鸡。现在，到了独自能吃两只鸡的年纪了，这个愿望却一直未实现。

对味道追求的不断改变，大概也只有人类。当初的燕窝鱼翅，如今却是青菜小粥，说个缘由出来，只怕是个笑话了。

而对于嗜肉成命的人来说，也并非是肉就上瘾，比如我就在面对哈尔滨大红肠以及敦煌驴肉面的时候无动于衷，甚至在美食天堂珠三角吃红烧乳鸽的时候对乳鸽过敏造成昏厥，从此此生再与乳鸽无缘。很多年前我第一次到江南，吃到传说中甜腻的食物，为了泾渭分明也为了显示自己的见识，自从那趟下江南回来之后我逢人便说江南的菜啊，真是用糖垒起来的啊，连做肉不可言喻，味道在生活中的重要性。

也不忘记放几勺糖，那肉本来就腻啊，没吃两块就已经撑饱了，难怪吃完之后要用两泡龙井茶洗洗肠胃。说得头头是道，俨然忘记了客家菜也有甜酸肉的做法。后来我到了摩洛哥，听闻那里喝茶也要加几块糖的习俗，惊吓得一听到 sugar 便毛骨悚然起来，于是我开始领会到做一个自以为是的井底之蛙是一件多么恐怖的事情。

在摩洛哥，让吃惯粤菜的我无所适从，如果说喜欢吃肉又喜欢吃水果的人最后发明了用菠萝焖鸡，后来用雪梨和苹果炖瘦肉汤也能让人理解，那这些始作俑者在为自己的创意沾沾自喜的同时，一定会为摩洛哥那出其不意的鸡肉配柠檬以及牛肉里放阿拉伯蜜饯而感到欣慰。

这些生活在非洲的人们，对美食的研究和创意真是有着得天独厚的基因，他们对肉的做法也有着天生的智慧。只可惜这智慧有点单一，肉很好吃但做法就那两三样，菜市场各种蔬菜瓜果肉类齐全，却没想过煎炒煮以及蔬菜的交互搭配，以至于每次点菜都不用看菜单，因为每家餐馆就那几样东西。

他们喜欢把肉做得熟透，这让我身边那个不吃生鱼片不吃生菜的朋友热爱无比，并且为了一盘吃起来已经不够鲜嫩且焖过头的柠檬鸡，重金请了一个英语比我还糟糕的餐厅经理做旅游向导。

北非人们烤牛排的方法更是让人哭笑不得，得以安慰的是那牛排刚从牛身上切割下来便拿到旁边生烤，即便吃起来满嘴的炭灰，牛肉的鲜味也总是比广州那些佯装的西餐馆好吃很多。

食材真的很重要。

回到吃肉的话题，对于肉能下酒这回事我也是比较认可的，就好像我那朋友之所以一直未实现吃一整只鸡的愿望，我想这愿望实现与不能实现之间就差了一壶好酒，不然古人为何把奢侈的生活形容成酒池肉林呢?

而在武侠小说里，侠客们来到客栈小憩，不也是一壶烧酒几斤牛肉，江湖气息瞬间而生。

而我唯有一次喝了酒有点任性，在大庭广众下高歌，竟然也是酒肉在作怪。那次是为了庆祝新疆察布查尔锡伯族西迁，席间受不住烤全羊的诱惑以及老百姓的热情，众目睽睽之下吃完了主人奉上的全部好肉，其中包括用来接待贵宾的羊脸颊上的肉块，其鲜无比难以形容，于是兴奋之中面对主人的无数次劝酒，为表谢意我无一拒绝，那酒跟肉在胃里开始起各种反应，忘记的歌词全部都上了脑子。

回头想想，这感觉真的是好得不得了。要知道，在人生中，能够吃到一起，并且愿意在对方面前喝醉，这样的场面非常少。有这么一次，弥足珍贵，而这种时光的记忆，总是带着浓浓的安全感和依靠，像是回到了家一样的亲切。

对于肉食的热爱应该是在遇见火腿的那一刻有了上升的趋势，这对于女孩子来说确实是一个祸端，世间大多事都不能两全其美，想要苗条和对吃肉执迷不悟怎么也无法找到平衡点，更何况在不断的游走中，又遇到了火腿这世间比较神奇的事物。

最早接触的火腿是云南诺邓火腿，一直以为只有浙江金华产火腿，也因为在很多商店看过金华火腿的售卖而对它不屑一顾，觉得能到处买到的东西必然不够珍稀。

回头想想，这感觉真的是好得不得了。

有一年在买不到回程票的压力下趁着国庆假期去了一趟诺邓，在这个小古村里住了一个晚上，客栈主人给我们用松茸炒了一个火腿，一起围坐就餐的是来这里考察中国古建筑的几个女学生，结果那一大盘火腿竟然未能满足几个女生的大胃口，最后又让主人再炒了一大盘。而后我便在这个小村落里觅得各家都有做火腿的习俗，那生了好几层毛茸茸黑迹斑斑的陈年火腿，挂在竹竿子上就像一尊雕塑，让人顿生敬意。

在云龙县城的小餐馆旁，火腿是堆在地上售卖，一副风尘滚滚的样子，然后一叠喷香的炒火腿上来，下饭无数，食客们不得不对路边裹了几层尘土的火腿肃然起敬了。

我想从爱吃新鲜的肉到爱上陈年火腿的过程，也算是一个吃肉者的小小进化吧。

吃火腿更高端的当然要数欧洲了，我在这里不提欧洲的火腿，源于身边很多人鄙视吃西餐，好像一拿起刀子叉子就横竖了一幅崇洋媚外的脸孔，而事实上，那种夹杂在面包里吃的火腿片子，从它细腻的刀工中就造就了它优

人对某样事物的爱好是天生的，跟人品性格并无太大关系，就好像爱酒的人被认定是个酒鬼，爱茶的人却被捧为圣人一样，不太公正。

雅的命运，更远地应该还可以追溯到那行走在伊比利亚的高贵猪来。一盘间杂着锅焦的菌炒火腿当然只能跟一瓶烧酒做伴，而不紧不慢用食指和拇指捻起来小心翼翼送到嘴边的西班牙火腿，必定是要在旁边佐以一杯上等葡萄酒，才衬托得起当下的气氛，对得住那被禁锢了许久的食欲。

说起爱吃肉这回事总会滔滔不绝，一个女孩子有这样的嗜好就好像摆明了自己是女汉子一样，连说话的语气都带着肉腥味，而好吃肉的我偏偏看起来弱不禁风一推就倒，反倒是身边吃素的朋友看起来壮如牛并且性格特别开朗外向。可见人对某样事物的爱好是天生的，跟人品性格并无太大关系，就好像爱酒的人被认定是个酒鬼，爱茶的人却被捧为圣人一样，不太公正。

最后想起一件事，近日头脑发热竟然想给自己做菜吃，结果家中锅碗瓢盆什么都没有。那日在超市买了芦蒿菜回去，想自己弄点粗茶淡饭清清肠胃，最后没忍住又顺带买了几两正宗的新鲜山猪肉，在家里用山猪肉煮的汤滚了芦蒿菜，最后捞起来撒上姜丝和酱油，竟然美味无比。山猪肉的汤汁自然是功不可没的。

若请了一个吃素的朋友来品尝这佳肴，不知道他会不会记恨我一阵子，而我大概也就念几句“酒肉穿肠过、今宵多欢乐”草草收场，然后暗躲到一边为自己的创举欢喜，由此印证爱吃肉者终归是鬼点子比较多的真理。

PART 3

我想
我会
再遇见你

生命里，遇到的人，自己走过的人生……

以为，时光阡陌里，生命将永远定格在转身的光华里，却不曾在岁月轻过，自我成长沉淀之后，曾经的曾经全都镌刻在记忆里，不曾老去。如此。人生总有些时光，如白雪一样纯洁美好，随着时间的流逝，定历久弥新，独居在你的心灵深处。

不过是一场生活

bu guo shi yi chang sheng huo

在食物的记忆里，总是有面包的一席之地。与面包的情分在漫漫人生味觉里翻滚着，越来越浓烈，归根到底，却不过是一场生活。

从摩洛哥回来有半个月没有吃面包，那种每日用面包蘸着柠檬鸡汁的生活渐渐远去。生在南方，对于没有味道的面食就如同嚼蜡般常常抵制，正如很多北方人无法理解为何广东人吃加了糖的馒头，却仍然要在旁边放一碟炼奶调味一样。在广东，面包被列入甜品的类别，地域环境造就了一个人的饮食习惯，就好像我永远改变不了作为一个客家人的重口味。只是在回来吃过半个月香喷喷的白米饭之后，我却开始怀念起卡萨布兰卡街头那片就着哈利拉酸汤吞下去的越嚼越带劲的烤馕饼来。

在我的生活中，面包或许跟早餐的关系更亲近一些，离开学校那么久，对学校的面包店依然记忆犹新，睡眼朦胧的清晨拿着饭卡直奔面包店，一杯滚烫的美禄加上一块刚出炉的肉松面包，解决了无数个坐在教室后排难熬的第一节课。但是我对面包的情分并没有因为它解决了我大部分早餐而有所增与面包的情分在漫漫人生味觉里翻滚着，越来越浓烈，归根到底，却不过是一场生活。

加，工作之后也是热粥油条代替了以前甜腻的面包，偶尔在面包房看到那些排着队买面包的小女孩，忽然有点感触，莫非是年纪大了的缘故，已经开始自然而然地拒绝高脂肪高糖分的食物了。

有一年深秋我与朋友去了一趟呼伦贝尔，来到中俄边境一个叫恩和的小镇，住在孙金花家里。俄罗斯面包叫列巴，所以在小镇里到处看见列巴店，小餐馆也喜欢把列巴当作一种特色食品陈列在最显眼的位置。这种用小麦制成的黑面包略带咸味，对吃不惯无味面包的我来说简直就是救星。然而让我开始爱上面包却是放在旁边的一碟蓝莓酱，恩和这个地方盛产蓝莓，一顿没有蓝莓酱的早餐是最难将就的，于是我发现，我与面包之间的黏合剂，是蓝莓酱，后来延伸成为各种酱料、黄油、火腿片、牛肉汁、酸汤……深秋的呼伦贝尔已经是寒风凛冽没有游客，但是陈列在家家户户门口的有“列巴”销售的牌子却依然屹立不倒。这个时候，面包的充饥暖胃功能凸显，它不再是一块让我不屑一顾的面包了。

我想一块面包既然尽到了它最基本的本分，它也就功德圆满了吧。

我的朋友也总是劝我，对食物了解如此狭隘带有偏见，真应该走到世界各地去尝一尝不一样的美味。后来我来到巴黎，就住在一家面包店旁边的小旅馆里，每天阳光撞开清晨的薄雾，就闻到面包的香味从窗子钻进来，在这个浪漫的都市，面包就犹如玫瑰一样带着诗的情结被灌输到每一个人的细胞里，然而不管这面包加了果肉花草还是栗子，它仍然是异乡人“小时候的味道”，每每嚼着这描述得跟婴儿般细嫩的面皮上的感觉，在夜里也总是会回味起自己在家里掺上红糖粗制滥造出来的起着皱纹的黄馒头，在湿冷的冬天里，一手握着馒头一手端着滚烫的姜汤，那样的日子真是令人回味。

夜深人静写作时，找遍冰箱都找不到一样东西解馋的时候，一块干面包加一杯热开水，让人瞬间得到能量而忘记了食物是否美味，我想一块面包既然尽到了它最基本的本分，它也就功德圆满了吧。

家里附近的面包店开得越来越多，各种口味也琳琅满目，有时候经过面包店碰巧是面包新鲜出炉的时间，就会看到很多主妇们端着盘子在收银台排队等候，偶尔面包店出一款新品，也会得到很多追随者的拥护，短时间内售罄。我下班的时候也会去看看热闹，但总是对新的口味无从下手，就好像吃惯了广式月饼的人无论如何也不想去尝试苏式月饼和鲜花月饼一样，人们对于自己的口味相对来说是比较忠贞的，每每在一堆创意十足的栗子面包抹茶面包面前，下手的还是读书那会儿吃腻了的肉松面包，一个有着忠诚味觉的人注定成不了美食家，但有时候我也会天马行空地想：倘若一个人能对一种美味做到炉火纯青并且钟情唯一，也未尝不算一个美食家吧。

由于工作关系经常出外，这对于一个有胃病的人来说是一个不小的挑战。

后来习惯了之后，倒觉得这一边掰硬面包一边喝柠檬水的时光是那么美好。

我有个好朋友的胃特别矫情，每天只要不按时吃早餐，一整天就会头昏脑涨无法干活，所以他的办公室和家里常备面包，面包就像是救星一样甚至像药物一样，能决定一个人一天工作的状态，因为它吃起来最方便，也不需要具备盘子碗筷等架势，有杯清茶咖啡陪伴就足矣，我想我与面包的情分，也在于这举手投足间的平淡与简单吧。

在欧洲旅行最不习惯的就是餐前硬面包，总是觉得面包要酥软才能对得起味蕾的温柔，但是西餐的各种礼节程序总是比中餐讲究许多，没有耐心的等待是吃不到一块好牛排的，所以硬面包便充当了等待美食的牺牲品。后来习惯了之后，倒觉得这一边掰硬面包一边喝柠檬水的时光是那么美好，于是，面包的情分又夹杂了许多等待的期望。

小时候去秋游，妈妈总是不忘记嘱咐一句“要带上面包别饿坏肚子”，于是书包里便塞进了一块从士多店里随意买来的简易塑料袋子包装的小黄油面包。这么多年过去了，当亲人和朋友叮嘱远行的自己，也仍然改不了“带着面包在路上吃”的习惯语气，想起无数次在火车上啃面包的经历，也想起饿了肚子睡不着，伸手往床头便找到一个新鲜面包的温暖，当然还有坐在车上经过熟悉的面包店，仍然止不住要停下来去买一个小时候最爱吃的面包的那种执着。还有在异国他乡的清晨你醒来，闻到熟悉的面包香味飘来，便知道自己要面对一场不可预知旅程的欣喜。

面包确实算不上人间美味，但往往美味都是从果腹开始，在一些面包王国里，做一块好的面包就如做一道精致的料理一样程序复杂，所以当我再遇上一份简单的主食的时候，我会感激生活赐予的这份真诚，让我一小口一小口地品味，人生的细水长流。

少年往事

shao nian wang shi

有一段时间好像煲仔饭特别流行，也不知是哪一出美食节目把它捧到了风口浪尖上，好像到了广东没有吃过煲仔饭是一种罪过一样，然后各种不地道的煲仔饭也在全国遍地开花。

最初接触煲仔饭是在大学校园门口的快餐店，10 块钱一份的煲仔饭我最爱点的是滑鸡，偶尔也会换一下腊味。这种典型的校园快餐店基本上什么都经营，早餐到夜宵一应俱全。门口一排煤气炉是用来制作煲仔饭和潮汕鲜滚粥的，看上去脏得不忍睹，但是看见那米粒和各种酱料泼了一地，食欲就开始大振，哪管得着身材发胖以及地沟油等问题。往往早餐午餐下午茶晚餐夜宵一个不漏都消遣在这里，胃口和零花钱全都贡献给了校门口那些村民商贩，偶尔规规矩矩地回到校园食堂吃一个狮子头盖饭都觉得像吃斋一样寡而无味，无非就是贪恋那种小市民的自由时光。

学生时代煲仔饭最配的是瓶装的维他奶，几乎每个女生人手一瓶，而男生则更愿意就着可乐或者生啤吃，那时候挥汗吃煲仔饭的回忆自然是美好的，只是当年陪着吃饭的人早已经不知去向，唯有煲仔饭的滋味仍然有声有色地时而在心底的某个角落里跳踔。

快乐而没有任何牵绊，只是当年陪着吃饭的人早已经不知去向，唯有煲仔饭的滋味仍然有声有色地时而在心底的某个角落里跳踔。

后来毕业之后似乎就没再吃到好吃的煲仔饭了，似乎这种存在于街头巷尾的东西已经显得有点败坏市容一样瞬间消失了好几个年头，因为炉子必须并排摆放在餐厅门口以吸引食客，而工作之后接触到的人群中大多数人更喜欢精致而隐秘的餐厅，已经很少相约街头快餐店，自个儿随意到餐厅冰箱撬开一瓶维他奶的吃饭作风也早已经荡然无存，取而代之的自然是正襟危坐的各种应接不暇的应酬。然而酒足饭饱后，带着疲惫的身心走在回家的路上，却在拐弯抹角处总是会提起精神打量一下有没有烟雾冒出来的档口，寻思着要是哪天挂出一个煲仔饭的招牌来，那一定是极好的睡前安慰。

当然也遇见过不少挂着煲仔饭招牌的食肆，甚至在北京上海的街头也碰到过，大概是某一档比较热门的美食节目提到了它让它风生水起，热火了一阵子都是自然消失或被同化了，我看见煲仔饭几个字便忍不住要进去尝尝，只是每一次都非常失落，这些食肆是从来没有探究过煲仔饭的根源的，也不懂得它精髓在哪里，如果一煲饭吃到最后竟然连块黄色的饭焦都看不见，而且整煲饭软绵绵的还浇了一堆莫名其妙的芡汁，对于在广东土生土长的人来说，绝对是一个噩梦。

虽然煲仔饭产自广东，但每个地方做出来的口味也是不一致的，大学校园门口的煲仔饭虽然算入味但讲到正宗还真排不上名次。我吃到的印象最深的煲仔饭便是在广东开平，一个叫赤坎的小镇上。赤坎的煲仔饭讲究的是一种原生态的味道，柴火烧的炉子，瓦锅早已经被烧得乌黑，米粒儿在柴火中恣意勃起，汗流浃背的老板穿着白色汗衫挥舞着手中的钳子，钳子是用来夹煲仔的，为了均匀受热，老板得马不停蹄地忙碌在各个热气腾腾的煲仔中间，底下的柴火烧得噼啪作响，十足一个手工作坊。

赤坎的煲仔饭材料也不见得特别丰富，估计用来做饭的米粒品种也不是传说中的丝苗米或更高大上的泰国米。然而经过一番原汁原味的烹饪出来的煲仔饭，香味却是让人惊喜的，那味道夹杂了这个地方的乡土，朴实无华，简单的排骨再浇上当地出产的酱油，老板撒上几粒葱花之后不忘再给你夹一块煎得酥脆的咸鱼铺在饭上，煲仔也不大，饭量刚好能吃饱，吃过一个之后总是会意犹未足，恨不得每一餐都来换一种口味。在美食家笔下似乎总能起到“妙笔生花”作用的猪油，在这里也不多见。一锅煲仔饭简单到不能再简单的地步，吃得人心里暖暖的。就算木凳子太窄，硌着屁股，就算大风扇转来转去也消不掉热腾腾的暑气，也愿意满头大汗地端着这锅煲仔饭，小心翼翼地把每一颗饭粒都送到腹中去。完了再来一杯当地的杂茶——就是那种被认为是用来漱口的茶——在口中一扫而过余下的油腻，便觉得此生无憾，而其中的市井味道盎然，掩盖了其本身的不足，而又悄悄地在我脑海里烙下了痕迹。

欢声笑语中，吃的环境早已经不重要。

再来赤坎吃煲仔饭的愿望也就油然而生了。

赤坎的煲仔饭让我“念念不忘”，正所谓“曾经沧海难为水”，似乎从此之后就再没遇上让我动心的煲仔饭了，后来到了香港庙街，在一个晴朗的夜晚，我和朋友从尖沙咀沿着弥敦道一路走到了庙街这片神奇的地方，原本想在这杂乱的人群中寻一场夜宵，两人不醉不归，没想到在街头遇上了一锅也很值得回味的煲仔饭。

这香港闹市中的煲仔饭肯定不能像赤坎古镇那样用柴火烹饪，估计厨师也是在后方流水线作业之后才端了上来。朋友把最爱的腊鸭煲仔饭中最肥嫩的腊鸭腿夹到我的碗中，那还在流油的腿早已经宣告了这一场夜宵的重要历史意义，而后的一瓶冰冻的可口可乐也消解了我们积聚在心中的烦闷。听着老板娘的吆喝，看着金发碧眼的老外也来凑热闹，再加上不断在身边穿梭的各色人群，以及酒足饭饱之后还在剔牙说着八卦的各路大叔大婶，我也突然明白了这掺杂了人情世故的煲仔饭，味道当然不如赤坎的香，但其中的市井味道盎然，掩盖了其本身的不足，而又悄悄地在我脑海里烙下了痕迹。

不管是在校园门口那简单搭建的快餐店，还是在赤坎镇子里挥着汗等待的一道童年记忆中的菜肴，抑或是香港嘈杂街头小板凳上一起啃的腊鸭腿，那些吃煲仔饭的时光，总是跟记忆中的一个人联系起来。欢声笑语中，吃的环境早已经不重要，喷香的煲仔饭，饭粒鼓起来的是回味无穷的思念，他乡也好，故乡也罢，杯盏之中交错着的，是盼望有一日还能再坐下来，拿着筷子等待一锅饭熟的时间里，两人之间欢欣地莞尔一笑。

遇见
不再年轻的自己

yu jian bu zai nian qing de zi ji

早上起来梳头，突然就发现自己有一根白发了，当然是立刻把它拔掉，再看看镜中的自己，依然容光焕发，些许担忧之后又找到安慰。

是的，即便有许多烦恼的事，即便前方的路依然看不见尽头，但至少还年轻，还有精力和岁月去遇到更多有意义有趣的事情。

早餐依然是父亲做的瘦肉面，几个月来几乎吃的都是一样的早餐，有时候实在吃腻了，我便不吃忍到吃午饭，或者自己到楼下去买两个流沙包。因为，我知道父亲想不出太多的花样来给我做好吃的。

有一天，他突然跟我说要回单位去办社保事宜，我才记起他的生日。他年满六十了，他终于退休了。因为遗传，他早已一头白发，只因皮肤好，看起来才不显得老。

我经常外出，时常会惦记他做的早餐，一碗清汤瘦肉面，虽没什么味道，却因加了足够多的胡椒粉而让我记忆尤深。

很多很多年以前，上幼儿园，他在我身后看我一个人背书包去上学，一我们已经遇见了不再年轻的父母。有一天，我们也会遇见不再年轻的自己。

直跟着我走，我记忆里全是回头看见他微笑的样子。

人只有长大之后，才会读懂什么叫“背影”吧！

我们已经遇见了不再年轻的父母。

有一天，我们也会遇见不再年轻的自己。

我的朋友艾米一直坚持独身主义，她觉得一个人过得那么好，为什么要两个人来增添生活的烦恼，这大概是很多独立女性很认同的价值观，包括我自己。

经历不深不浅的恋爱，做着一份不是特别喜欢但也不讨厌的工作，有一份不错的稳定的经济来源，隔三岔五跟闺蜜逛街看电影，休假的时候还可以放肆地选一个喜欢的目的地……故事往往是以生病作为结局。

是的，好像是本命年吧，艾米就遭遇了一生中第一次手术，虽然是简单的胃肌瘤，但是住院那段日子特别难熬，朋友亲人一离开，心里就觉得空荡荡的。

艾米便是在那个时候开始觉得，跟家人绝交数月也要坚持独身主义是不是错了，当有一天意识到自己不再年轻，当自己原本坚强的身体坍塌下来的时候，才发现，原来瘦弱的自己都没有一根牢固的柱子可以支撑。

如果换作是我，这样的一次生病过程可能并未有足够的动力让我彻底改变原来坚守的原则，然后对那种看得到尽头的生活产生一种紧迫的渴望。但这的确会是一根导火线，至少我的朋友艾米在那次生病之后不久，给我递来了结婚请帖，如今的她已经是第二个孩子的妈妈。

生病的时候最寂寞，因为这个时候死神不断擦身而过。

你会不由得想到，再过几十年，真的到了垂暮之年，有谁会守在床前，拉着手，说着心里话？

你现在一定会无所谓地说，老了就去养老院跟老头子老太太打牌去呗。可是，我看到的养老院的状况并不乐观，那些寄养在老人院的老人们，每天都面临着昨天还在跟自己打牌的同伴今天就突然离开人世的悲痛场面。这个时候，你还会说，等老了就去养老院玩耍这样潇洒的话吗？

很多人也如我，病好之后生龙活虎，好了伤疤早就忘了疼，该吃还是吃，该玩还是玩，那种玩世不恭的享乐态度甚至变本加厉，好不容易战胜病魔，怎么能够把时间再浪费在虚度光阴中？

有时候也很害怕，会不会有一天一觉醒来，自己就像父亲那样满头白发了？

我身边的朋友总是会问我，你一个月几乎没有几天待在家里休息，一直在外东奔西走，难道就不累吗？有没有考虑过哪天走不动了没办法出门了，会遇到什么状况？为什么就没想过安定下来过该过的日子，做饭洗衣看孩子，读书写字听音乐。我想了想，大概是，暂时还没有遇见不再年轻的自己吧。

年轻总是跟折腾、叛逆这些字眼联系在一起。

今年八月份的时候去珠峰自驾，从成都沿着川藏线一路抵达珠峰，我的体力一直保持很好，可能是途中不需要开车的缘故，并未耗去太多精力，上了好几次青藏高原，都还不曾遇到过高原反应。在朋友圈炫耀的时候，大家也都会赞叹，年轻真好。

直到有一天……

那天凌晨，为了避开高峰人群想早点进入珠峰大本营，几乎一夜未眠的我们在四点钟就开始排队赶往珠峰。起初我还很兴奋，到从珠峰下来的路上才发现自己早已经耗尽了力气，一路上昏昏入睡，醒来的时候已经是艳阳高照另外一片天，好像去了一趟来世，什么都不记得了，珠峰上的日照光芒也成了昨夜一个美丽的梦。

不过是熬了一场夜而已，竟然这么伤元气。

我突然意识到，也许自己真的不再那么年轻了，身体素质和抵抗力开始在下降，不再是之前连续熬夜几天仍然活蹦乱跳的那个自己了，一趟川藏线走下来，竟然还瘦下好几斤，有些菜吃了胃疼，有些东西太腻了不想吃，床硬了睡不着觉，一天不洗澡浑身不自在……

不知道从什么时候开始，自己的麻烦竟然也多了起来，不再是以前那个天不怕地不怕的假小子了。

我想了想，大概是，暂时还没有遇见不再年轻的自己吧。

那一天，我们发现，自己不再年轻，不再可以用不顾一切的念头去衡量遇到的问题和困境。

或者暂时歇歇，或者干脆回到曾经的安稳中，这种示弱和退让，或许能换来更圆满的幸福与快乐。

随着年龄渐长，抑或现在仍然拥有青春的年纪，生活不会让一个人一辈子都顺风顺水，总会遇到一些变化，让很多固守在心里的那些坚强瞬间崩溃。那一天，我们发现，自己不再年轻，不再可以用不顾一切的念头去衡量遇到的问题和困境，不能随意就说：“我愿意，怎样呢？”只因，你已经没有太多时间去做那些你心里愿意但事实上不允许的事情。

秋天的晚上，突然接到一个初中同学的电话，说同学会上大家都在为一个女同学捐款做手术。

这个女同学，我们当年天天在一起，做文学社印报纸去郊外采风，给三毛写怀念的诗歌，听说得的是乳腺癌，心里突然沉了一下，自从上大学之后我们再没有见过面，少年的记忆只有在一些模糊的笑脸中去寻找。

听到这样的消息总会让人唏嘘，难道接下来的时光，我们也会像父辈们那样，看着自己身边的朋友，一个个老去一个个离开？

面对这个残酷的世界，该怎么办？

也许，我该用诸如珍惜每一天或过好每一天来做一个感慨。但仔细想想，这样的感慨和决心其实挺无力的。

谁不在努力过好每一天呢？

如今，我只想对自己说，当遇见不再年轻的自己，就从容面对吧。

也许，在年轻的时候正好有机会遇见不再年轻的自己，比如生了一场大病，比如工作中的不如意，比如生活中的一些变故，应该感谢这些遇见，感谢一些坏事情的眷顾，能让我重新调节自己生命的节奏。

如果真的不再年轻，那就向岁月低个头吧！

或者暂时歇歇，或者干脆回到曾经的安稳中，这种示弱和退让，或许能换来更圆满的幸福与快乐。

一条破洞牛仔裤的前世今生

yi tiao po dong niu zai ku de qian shi jin sheng

我相信很多女孩子旅行，恨不得在行李箱中装满各种各样的衣服鞋子帽子和丝巾，每天换一套，每天不同的搭配，在旅途中展现最美丽的自己。

这，曾经也是我的愿望。

就在去年，和一位漂亮的时尚博主一起同行去巴厘岛，我还跟她学如何在旅途中保持光鲜亮丽。她告诉我，贴假睫毛的时候一定要把假睫毛剪成好几片来贴，这样会显得更加自然；她还告诉我，行李箱里的插头不要太多，应该精简一下把空间让出来放上一双鞋子；最后，她还很善意地劝告我说，如果人长得不够好看，一定要多带好看的衣服，花裙子可以多带几条，毫无特色的白T恤就放在家里压箱底吧。

听的时候，我各种恍然大悟，觉得默默无闻的这几年真是不知失去了多少华丽的青春时光。可是，一到出门我就又恢复到披头散发的地步了。

如此，只好相信命中注定了。

于是，一条牛仔裤走天下，便成了我每次收拾行李的准则。牛仔裤好搭

有时，也会纠结矛盾，是拍自己，还是拍风景或者拍生活。

配，就好比清汤挂面一样，简单，放在哪里都不显琅，但至少也不过时，搭配白 T 恤也绝对可以靓丽。我相信，很多像我这样执着于某一样事情的人，期间肯定也做过很多选择，经历过内心的矛盾和挣扎。

像我，每次出门的时候都会考虑，我这一趟旅行，有什么目的，如果是为了摄影，那行李里更多的衣物装饰便会加重我的负担，不断地取舍，最后只剩下一条牛仔裤。

不过，这对于爱拍照的女生来说简直是一个噩梦，如果出门只能带一条牛仔裤，那让满衣柜花花绿绿的美衣美裙情何以堪？让为了美丽而出发的旅行情何以堪？

有时，也会纠结矛盾，是拍自己，还是拍风景或者拍生活。

最后，给了自己定义，不管是旅行还是生活，不要把眼光只停留在自己身上，如此才能有更开阔的思想空间，去创作和思考。于是，一条牛仔裤开始走天涯，先把自己的旅行简化起来，将更多的注意力放在摄影和写作上。

不带任何情绪出发，不抱太高期望，遇见什么，什么就是最好的。

这种简化，当然不只是在衣着打扮上，还是对心灵的一种清空。不带任何情绪出发，不抱太高期望，遇见什么，什么就是最好的。

这个简化真的很有用。

当我意识到自己来回就只有一条不变的裤子的时候，我就再也没有到一个地方就想给自己留下“到此一游”的冲动，而是把精力集中到了解和观察当地文化习俗上或者专注沉醉于一片风景之中，而不是像以前那样，把时间浪费在如何向别人更好地展示自己到过某一个地方。

慢慢地，这样简洁的装束，成了一个标志。

当朋友看到我发回来的照片调侃我的牛仔裤出镜率实在太高的时候，我心里没有一丝的失落感，取而代之的是“无所谓”。谁不愿意在旅途中盛放最美丽的自己，只可惜，旅途多艰辛，真正的行走，往往有更多难以言说的苦楚，也许，这就是旅行和度假的区别，也许这也是真正的旅行和把旅行当成一场秀的区别。

时日久长里，我对牛仔裤的情感愈来愈浓。

有时候到一个地方，突然发现旅馆里竟然有洗衣机，可以把牛仔裤洗掉烘干第二天再穿，成了一件很幸福的事情，看着它挂在阳台上迎风飘扬，心里惦记着这趟出门也很久了吧，谢谢你一路陪伴……

朋友们常常问我，旅途中要如何打包行李，这个问题还真是很难回答。每个人的需求不一样，别人的建议也只能作为参考，对于我来说，十天的旅途跟三天的旅途，行李不会多出太多，来来去去就那几件衣服加一条破洞牛

那条陪着你走了很多路的牛仔裤，它一点都不简单，不要嫌弃它，总有一天，你会发现，所有的故事因它而起。

仔裤，然后便是各种器材和书本，听起来这样的旅途实在太枯燥无味。

是的，旅途原本如此，只有你心里那盏灯亮了，才能处处发现不一样的美景。

有时候女人总是喜欢感叹，为什么世界上所有行业拔尖儿的都是男人，女人做再大的努力，也总是做不到顶尖的级别。

时常，我也百思不得其解，我看很多摄影师的作品，拍得有深度的人文作品都是出自男性摄影师。不过，转而一想有几个女摄影师可以做到男摄影师的那份付出，倘若让她们整夜守着星空拍延时，或让她们真的跋山涉水拍摄人文，对她们来说难度太高。很多时候，她们更愿意拍摄美丽的风景。

所以说，任何事不能只看表象。不得不承认的是男人在工作中，表现出来的态度，更专注、更认真，这些绝对是很多女生很难做到的。就好像我跟一个男摄影师提到我的一条破洞牛仔裤的历程时，他不以为然地嘲笑我，这算什么，他在藏区走了一个月，也就只一条裤子。我仔细打量他的装扮，他身上穿的那件冲锋衣，似乎从来没换下来过，从去年见面到今年喝茶他始终是这么件衣服。

“不是不爱干净，只是不在乎这些事罢了。”他在乎的是什么，不言而喻。

当你把心思专注在衣着打扮，就别抱怨拍不出好的照片写不出好的作品，当你把心思专注于拍摄，就不要责怪一条牛仔裤带给你的被忽略的失落感。世间的事有得有失，从来都是如此公平，你若追求简单的生活，就要丢弃掉那些繁杂琐碎的虚荣，两全其美的事，通常不存在。

所以，那条陪着你走了很多路的牛仔裤，它一点都不简单，不要嫌弃它，总有一天，你会发现，所有的故事因它而起。

你走过的路
不会骗你

ni zou guo de lu bu hui pian ni

长途旅行中，有时会很想安顿下来——

坐在咖啡厅里，或者半路一个无名的小镇茶馆，看看那些经过的人。想分辨他们是游客还是当地人，想他们的心里都在想什么，想从他们的言行举止中，看到他们曾经的故事。

这也是我路途中最喜欢的状态，我喜欢自己走过的路，不管是坐车还是行走，都是一步步走下来的，这些足迹充满了神奇的力量，告诉我路遇过的所有风景和人都真真实实地存在着，且都离我不过百米之内。

七年前的夏天，我与朋友带着对大草原的仰慕，去呼伦贝尔。那时候很穷，钱只够买到哈尔滨的机票，后来在哈尔滨辗转多次才托铁路局的熟人，买到了去往海拉尔的卧铺车票。那时候，海拉尔还叫海拉尔，如今已经改名字叫呼伦贝尔。

如今，这些记忆有些磨损，但对呼伦贝尔的印象却是极好的。

梦中常常牵绕在耳畔的，全都是恩和小镇踢踏的马蹄声；回忆里的画面，我喜欢自己走过的路，不管是坐车还是行走，都是一步步走下来的。

也都是那日在恩和的傍晚时光。那日，看完俄罗斯族大妈挤完牛奶之后，我们骑着她家里养的马儿上山看日落，马儿在山上悠悠地走，落日的余晖则洒满了整个山坡，举目远望，弯曲流淌的小河的那边，可以眺望到俄罗斯的村庄。

我没有想到，我还会再到这个地方。车子碾过当年来时的路。

深秋的大草原，茫茫中等不到过往的车子经过，车子行驶在草海中，犹如一片孤舟，草原上的青草早已经枯黄，被扎成了草垛子，高高地堆放在原本平坦的草地上，连拖拉机都做好了休息的状态，羊群也很少见了，倒是常常会看见懒惰的奶牛趴在国道上，阻碍了车子的去路，直到司机下车来把它赶走。

路上的风景也是寂静的，301 国道，车子沿着额尔古纳河行走，沿着边界线驶向草原深处。经过一片芦苇荡，深秋的芦苇荡里晃着明艳艳的阳光，而静静候在湿地旁边等待的退休老人李大爷，却稳如泰山地坐等着自己的收成，他说现在退休了没事干，每天来捕鱼，一天能捕上十多斤，回去分给亲

这蓝色恍如要被寒风吹得瞬间凝固一般，闪着光芒。

戚们，皆大欢喜，等天气再冷一些，便出不来了。沿途经过根河湿地，在小刘和老李的印象中，根河市是呼伦贝尔大草原里最寒冷的一个城市，但是此次旅行，我们遇到的最寒冷的地方却是在去往莫尔格勒河的路上，风吹着“敖包”，也吹着蒙古包上竖起的旌旗，弯曲的莫尔格勒河仍然闪着钻石一样的深蓝，只是这蓝色恍如要被寒风吹得瞬间凝固一般，闪着光芒。

大兴安岭漫山遍野是凋落的黄色，是要进入严冬之前的那种枯黄，而从额尔古纳去恩和的路上，曾经把我惊艳的白桦林，也已经掉光了叶子，白白的树干直耸云天，树影婆娑中透出一股凄美的气势来。

在海拉尔的菜市场里，骡子拉着整车的南瓜、马铃薯、大白菜，占据了整条马路的空隙，对这个地方最深刻的关于深秋的记忆，是在海拉尔酒店附近一家逼仄的影院里，看了漫长的三个小时的《黄金时代》，印象中整部电影都是寒冷的，而电影散场之后寂静的无人的街上，风吹过颈项，裹紧大衣去吃羊肉串，竟然也有一种背井离乡的悲壮。

听见汽笛声阵阵传来，站在楼上看着列车驶过弯曲的铁道，时间仿佛回到了小时候读苏联小说的影像里，好像那裹紧军大衣从远处迎风走来的高大的身影，是为了奔赴一场伟大的革命而去的。

这是一次完美的自驾，在我即将启程第三次出发去呼伦贝尔的时候，我在心里默默祈祷，但愿冰雪中的大草原和大森林，一如童话般美好。

七年前，我与闺蜜，在从哈尔滨去往海拉尔的火车上，认识了来自其他地方的姐妹，四人雇用了一部车子和司机，把呼伦贝尔走了一遍，那时候的草原仍然很肥沃，那时候的恩和小村庄，只有俄罗斯族奶农大妈。我喜欢北方的小镇和村庄，那些带着电影般的画面常常会把我的思绪引入无边的幻想中，袅袅的炊烟，木栅栏里被拴起来的正在对着陌生人狂吠的小狗，牛羊在一边安静地吃着收割下来的草，而戴着鲜艳头巾的妇女则在院子里整理马粪……七年之后再来，我仍然感动不已，车子走走停停，迎风的旌旗在飘扬，大草原是入冬前的寂寥，路还是那条路，心却是一颗已经寄托给远方的心。

我们常常在旅行的时候，担心自己是否选错了季节。其实每一个地方，因季节的交替而有其独特的美，呼伦贝尔亦是，我们习惯了在盛夏的时候去领略它被人习惯的壮美的一面，却忽略了原来在这凋落的季节里，它也有一种安静沉淀的美，这种美是要用生活去体验的。比如在额尔古纳小城的洗浴中心，看穿着红色蕾丝内衣的大妈们来回穿梭，一个个光溜溜的身子躺在水床上往背上抹红酒的架势，便是在南方城市里无法体会到的。我沉迷于这座陌生城市的魅力，不知道大雪茫茫的冬天，这里会是怎样的景象，这种对神秘感的追求和好奇，是我孜孜不倦地想去世界上任何一个未知的城市，在任何未知的气候和环境下，享受到这种突兀惊喜的动力。

我们在路上遇到很多人，有些人停下来，陪你走了一段，但是不知道为什么，他们后来消失了，不管路途风光有多美，他仍然未改变过自己的行程。也许只有一个人，愿意为了你，改变自己的方向，走你想走的路，抵达你们想抵达的地方。你在等待这个人，其实你在等待自己的灵魂。而我们循环往复在旅途中追寻的，不就是这样一个自己？那些相伴的人也许会离开，但你走过的路不会骗你。

有一年的生日是在敦煌过的，七月的沙漠，很热。在敦煌山庄的那个晚上，我们毫不犹豫地选择了一条令人费解的自驾路线。由敦煌出发，经国道 215 在大柴旦奔驰，再转国道 315 到德令哈，最后抵达西宁。从西宁出发，经过茶卡盐湖和张掖，最后回到敦煌。一条荒芜又毫无目的的长路。

或许你对敦煌的印象，停留在莫高窟和月牙泉，然而我仅有的记忆，是沙洲夜市的一盘鸡翅，是敦煌山庄的一盏灯笼，是夜深人静后，从远处鸣沙山里吹来的阵阵的凉风。从敦煌驱车，经过苍茫嘉峪关，往南再走四十多公里，抵达阿克塞哈萨克自治县，城市不大，但很干净。一路前行，风沙茫茫，戈壁滩绵延数十里。

远处的山脉开始积雪，笔直的马路上偶尔行驶过一辆大货车，周围的颜色开始由灰色转为绿色，偶尔看见草原，路途中有牛羊经过，挡住了去路，车子为牛羊而停下熄火，路边的西瓜摊开始热闹……夜晚抵达德令哈，德令哈在蒙古语中意思是“金色的世界”，在柴达木广场，金黄的灯光闪耀，德令哈之夜的荒凉与悲壮，在人去楼空的广场，夜凉如水。

继续前行，经过茶卡盐湖，门源油菜花，张掖丹霞地貌，忽然发现，也人生的交汇大概如此，聚集到一个点，然后又各自散场，回到各自的平行线。

是后来经常怀念的却不是这些被人熟知的风景，而是一路上的风沙，途中堵车听到的稚嫩的《小苹果》歌曲，那些从半山腰赶路回家的羊群，看到海拔高于四千后跳下车子拍照纪念的雀跃，是一路在车上播放的《你是我心爱的姑娘》，是一同躺在路中央的肆意，是德令哈一晚凛冽的寒风吹起的你的大衣的一角，是一起哼起的《再回首》，是在路途中守候了一个多小时的新疆大盘鸡，是一只遗漏在半路饭桌上的蓝色保温瓶……漫漫两千公里路，从敦煌到德令哈，大漠风沙起。

然而，那些陪伴你走了一路的人，终究要离去。我们一同走过，从熟悉到陌生，人生的交汇大概如此，聚集到一个点，然后又各自散场，回到各自的平行线。你有你的方向，我有我的归途，我们还会遇到另外一些人，在那未知的旅途里，我们不会因此改变自己，也不作任何停留，我们爱着自己爱的人，但同样会在孤独的旅途中与陌生人干杯畅饮。我们会为了一段孤独的旅程，跟不同的人微笑，跟熟悉的人聊天，没有人是你永远的旅伴，在某一个分岔路口，我们终将说再见。但是，尽管如此，你走过的路，不会骗你。

我想我会再遇见你

wo xiang wo hui zai yu jian ni

总有那么一部分朋友，关心的不是旅途中的美景风俗，而是旅途中的各种艳遇，心里各种青春期的躁动不安，想从别人的讲述里掏出一些可供调侃的趣味来。那些旅行中的艳遇究竟是怎样？如此浪漫如此摄人心魂。如果大家知道旅途其实并没有想象中那么美好，有时候还很累很遭罪，会是怎样一种打击？有时候又觉得不说才好，都心怀梦想，去旅行，去艳遇，何必挑明了，让人独自黯然呢？

一年前写《念我旧时光》的时候，我与编辑沟通了好久，最后决定不再写攻略游记，而是用一个个故事来描绘每一个地方，我一直觉得一个地方有故事才有灵魂，于是便有了“她”和“他”的邂逅，有了一个个动人缠绵的时刻。与其说这是一本游记，还不如说它是一本小说。大家都知道，小说跟现实，总有差距，当很多人来问我，书中的“她”是不是我本人的时候，我嘴边在狡辩着其实心里很甜蜜，大家之所以会对号入座大概是因为受书中情节吸引吧，至少我是这么安慰自己的。

心怀梦想，去旅行，去艳遇。

后来看到有人说我在书中宣扬“艳遇”这种不健康的思想，其实旅途中的遇见必不可少，我感激每一个在我生命中出现过的人，每一个人的到来都是我与他之间的“艳遇”，很隆重也很珍贵，一生漫长，世界如此大，要修得“相见”恐怕不易，也许十万分之一的可能，也许更加困难。“艳遇”哪来的不健康之说呢？只是想的人总是多想罢了。

如果你遇到一杯不适合自己的茶，你或许会小抿一口解解渴，然后等到你要的那杯茶才真正开怀大饮。我不是的，就好像去参加一场盛宴之前绝对不会先到麦当劳吃一顿垃圾食品解决肚饿问题然后再到宴会上扮演矜持一样。所以，我对艳遇的态度也是如此。

为了表示自己的立场，为了不想每次签售会或者做旅行分享的时候，把时间花在解释“艳遇”上，我不得不写一下自己旅行这么多年来，遇到的那些事情那些人。

在书出版之前我去过四次越南，第一次是参加一个游轮的体验活动，作

每一次都很精彩，每一次都是艳遇，记住的当然不只是风景，还有路上同伴的笑脸。

为媒体记者前往会安，晚上宴会完毕有一个男人过来问我房间号码，我给了他手机尾数，闺蜜拍大腿说你长这样能有人搭讪真要偷着开心好几天啊，可惜了，谁叫我“年轻不懂事”呢；第二次去是一个旅行社好友的邀请去帮她踩线拍图片，去了南部大多数地方，跟我同行的是一个来自北方的大叔和一对情侣，大叔全程帮我扛器材，最后一天我请他吃了一顿丰盛的晚餐，后来我们只在微博里互相点过赞，不知何日再见；第三次我与一个好闺蜜前往，从南宁出发，走了越南的北部和中部，途中遇到来自西安的小伙子和来自东北的大哥，四人同行走了北部山区，后来我们在河内分手，我与闺蜜去了顺化，他两男人结伴去了西贡；第四次是弱爆团三姐妹的越南穿越之旅，从北到南，我们疯癫走来。

每一次都很精彩，每一次都是艳遇，记住的当然不只是风景，还有路上同伴的笑脸。于是很多朋友便怀疑，那书中说到的旅途中遇到的男子，都是杜撰出来的吗？于是，我不得不矫情地自以为是地跟大家解释什么叫作“文学创作”，我很感激大家把我看作身边的亲密的朋友，觉得我写的东西，就如同跟大家聊天一般亲切，讲故事就如同在诉说自己的心事和往事。然而文学创作不会是如此，你不但要发挥想象，你还要移形换影，你要观察身边每一个陌生人的表情动作，你甚至要去记下路过的一只小狗的名字，记下路途中一家小超市卖的香烟的牌子……然后把它们用在自己的文字中（当然，这只是一个业余文学爱好者的感想）。

不得不承认，在旅途中会遇到形形色色的人，包括美女，包括帅哥，包括狂徒，包括盗贼，概率都非常大。然而，谁的生命中都有过客，所有在生命中遇见的人，都值得被祝福，我祝福他们，也会与志同道合的人成为朋友。认识世界，大概是从认识不同的人开始，我们都是通过形形色色的人去了解这个世界。然而，世界是复杂的，人的感情却是纯净的，当你心里有了归宿和责任，你也怀抱着对自己负责而不是玩世不恭的态度对待人生，你就不会成为那个容易动心也容易忘情的人。

去年七月去西班牙，我一个人在南部的塞维利亚，感觉非常孤独，因为语言和文化等原因无法和当地人深入交流，那里中国游客也并不多。有一天我去超市买东西，结识了超市的中国老板娘，说了一天话，把就要成为哑巴的那种委屈全道了出来，离开之前我们互相祝福，也没有留下任何联系方式，也许有缘的话还会见面，这样开心的一天，难道还算不上“艳遇”？

“那为何在书中，写得那么真切，让人充满了憧憬？”我很想给大家构筑一个与现实不太相符合的世界，那个是被美化了的世界，正因为现实如此平淡，我们才要在书中寻找另一种人生。

书里描绘的那个客栈的骑摩托车的大叔，很多朋友印象非常深刻，觉得自己想要找的男人就是这样的，他默默付出不善言辞，给人却是满满的安全感。我确实遇到过这样一个人，坐过他的摩托车，飞驰在异乡嘈杂的马路上，然后我们一起去听街边酒吧的吉他演唱，在夜深人静的时候回到客栈，互道晚安，于是我每次到那个城市的时候，都会去住他的客栈，我们讲述各自遇到的美好故事，也讲述自己最近的好坏，联系很稀疏，偶尔才会想起，这样一种很平淡的友情，似乎跟艳遇搭不上关系，说起来却很温暖。难道要轰轰烈烈谈一场奋不顾身的恋爱，才叫“艳遇”？这些平常中的小事，平淡的感情，就不值得被提起?

我不怀疑有些人在路上，是抱着一种不怀好意的目的，然而这样的行者，大多口碑不好，即便遮遮掩掩地做着一些暧昧的勾当，但谁好谁坏从他的气质言辞中便可以辨知，当一个人的眼神里流露出来的是从容淡定而不再是飘摇不定的时候，当他不需要炫耀自己便能轻易得到别人认可的时候，当他坐在人群中话不太多但一出口便闪耀着思想和灵魂光辉的时候……我自己常常告诫自己，无须把太多人请进生命中来，那些被请进来的，就要好好对待和珍惜。有些人以为自己认识人多才有面子，然而当自己真的需要帮助的时候却没几个愿意出现，也认识一些人钱多到没处花的时候便想着法子希望能用钱买到一些让心灵得以升华的东西，谁不知这个世界崇拜金钱的人多的是，让人唏嘘。然而这些都不是罪过，人各有志，只要别人的生活影响不到自己，那就当看一场风景看一场戏又如何。

回到旅途中的艳遇来，有人总结，旅行者在路上，过着漂泊流离的生活，既然选择了漂泊，就不要苛求安定，当你踏出那一步，就要做好接受一切后果的准备。

一直在路上，从未被牵绊。

在感情上必然也无法安分，艳遇是很正常的事情，总归要有一些感动才会让人心生向往继续走下去。我不否定这是很多人出行的动力，但是对于我或许还有一小撮人来说，我们是这样定义自己的行者生涯的，既然选择了漂泊，就不要苛求安定，当你踏出那一步，就要做好接受一切后果的准备。

自己常年出门在外却想着有人愿意为自己守着空房，那是一件很不道义的事情，我不会说出既然你选择了在路上就不配得到爱情这样的狠话，但我心知肚明，既然你选择了在路上，就有得有失，你必然要做一个把自己的心灵寄放在风景上的准备，孤独落寞地去看这个人间。不要埋怨，不要一边走在路上一边说自己有多落寞，那是一种变相的炫耀，真正的落寞自己咽下便好，用平常心去对待自己选择的路，那才是勇者，不要去触碰和打搅那些安心生活的人，不要让对方过着整日牵肠挂肚的日子，如果你给不了她安全和陪伴，就放过她，祝福她过得更好。

小说中有太多美好的想象，然而在现实的世界里，也许你和我就是那对一同走进咖啡馆的男女，只是默默相视了一秒，然后忘记，不会有不小心打翻了咖啡这样戏剧性的一幕出现。旅途中也是，我们来自不同的地方，在世界的另一边相遇了，是缘分，互相打个招呼，或者一同结伴看看正好遇见的夕阳，留个联系方式，默默地存储着，知道世界上还有这样一个人，在这十万分之一相遇的概率里，我们曾经遇到过，而我彼时竟然未曾心动，我们没有打扰别人的人生，也未被别人惊动。

我感谢那些带给我“艳遇”的陌生人，我们或许只打过照面，然而我在观察他们的一言一行中，读懂了他们的世界。我也幸运自己是一个不善于感情用事的人，不会在灯光迷离中便让自己情感泛滥，常常感动但不至于心动，一直在路上，从未被牵绊。不是因为太孤傲太冷血，而是因为心有归宿的时候，世间的一切，都只是路过，永远记得回家的路，不要亏欠别人，更不要错过风景，这才是我想要的旅行。

遇到一杯对的茶
就像遇见一个对的人

yu dao yi bei dui de cha jiu xiang yu jian yi ge dui de ren

对茶的偏爱，大概要追溯到孩提时，那会儿家里并不富裕，茶叶也只是摆在锡制的罐子里，家里有客人来的时候打开罐子用手伸进去抓上一小撮撒在杯子底，滚烫的水冲进去，还未出味大家便喝开了。

那时候喝茶，讲究的也许只是淡开水里有味道，让亲朋好友相聚的气氛不那么单调吧，至于喝的是什么茶，也没有人追究，小卖铺里称上几斤压箱底就可以了，谁也没有心思去分辨这茶味的好坏、品种的归属等等。

后来听说老家一带盛产的是单从茶，我还为此专门去了一趟潮州的凤凰山，但是，所到之处却寻不回孩提时那简单的茶味了。

工作之后遇到的大多数朋友都爱喝咖啡，自己约人和会客也大多数选在咖啡厅里，咖啡厅给人的感觉是时尚文艺而又富有年轻气息。装饰或精美或情调的咖啡厅里，漂亮的服务生端着拉花的液体来回穿梭，浓郁的咖啡香气飘满整个咖啡厅，人会渐渐在这种情调或者味道里沉醉起来。

而茶馆，则让我联想到了有一年的国庆与朋友前往重庆，在古镇磁器口我的喝茶方式跟我的人一样有着太多的随意性，没有条条框框，喝茶的心境跟随环境而变。

一家叫清代翰林旧居的茶室里遇到的一个茶局。茶室里摆着央视主持人敬一丹前往参观的照片，主人姓曹，是翰林的后代，曹师傅给我们摆了一个龙门阵，讲述四川重庆一带喝茶的历史，那时对我来说，茶馆就是一个江湖，江湖里有太多的传说。

我的喝茶方式跟我的人一样有着太多的随意性，没有条条框框，喝茶的心境跟随环境而变。

有一年随朋友到福建漳州云水谣寻茶，去的却很不是时候，新茶早已经采摘完。幸运的是我们在云水谣遇到了茶农老简，在与他相处的短短的一日里便感受到了许多做茶人生活中的趣味。

老简种的是铁观音，福建漳州一带也盛产铁观音，著名的安溪也离这里很近，他的家在村子一栋小学内，简单而破旧，我们去的时候学校周末放假，只有门口的保安坐着看报纸，那日的茶事便是在老简那简陋的房子里进行的，茶叶是从冰箱里拿出来的上等铁观音，茶具则是已经茶迹斑斑的简单瓷器，但配了一把据说烧制非常讲究的紫砂壶，那一杯杯回味无穷的茶香，想来大概靠的就是这把壶。

我们从晌午喝到日落，离开的时候浑身散发着铁观音的清香。那次印象深刻的还有老简的妻子牡丹，牡丹看起来年轻能干，讲起茶道来不比老简差。

我不懂茶，也没有花时间去研究过茶，但是我却从来没有离开过茶。

对我而言，茶是生活的一部分，即便是在茶农老简这样并不优雅的环境里饮茶，于我也是可以体会到生活的乐趣的。作为最可雅俗共赏的存在，在漳州街道里，茶就是饭后的八卦，饮茶人扇着扇子躺在竹椅上，光着膀子听着收音机里的戏剧唱腔，一边喝茶一边跟着唱；在北京老舍茶馆里，茶是优雅的，坐在优雅的小包厢里，听着外面歌曲缭绕，美丽的姑娘在一旁沏茶，点几样小巧点心坐着，与对坐的知心人天南地北地聊。

一直以来，我对茶的品种的偏爱也总是在变化的。

我在广州生活多年，吃饭之前必然要冲一壶茶洗杯子，我想让自己吃饭的碗里先沾染一点茶香。在我接触最早的茶里，铁观音是最常见的一种，这种半发酵的茶香气很浓郁，犹如酒中的茅台，醇香满满。后来，受人影响爱上普洱。我自小胃不好，有人给我推荐普洱来暖胃，于是普洱逐渐代替了铁观音，成为我必点的一种茶品。在我认识的爱茶人当中，对普洱茶热爱的人偏多，普洱茶冲泡后像一杯浓烈的老酒，喝下去确实甘苦异常，嘴巴里面是发了霉的药草味道，吞下去吐出气来又分外芳香，犹如吃下了一枚炼了许久的仙丹，顿时觉得有点飘飘然了。

在我的记忆中，苦涩的茶并非普洱而是岳阳的君山银针。

即便是在茶农老简这样并不优雅的环境里饮茶，于我也是可以体会到生活的乐趣的。

那一年，与朋友前往湖南岳阳采风，我们在洞庭湖的君山发生了口角，起因是我对舜帝拥有娥皇女英两个妻子表示严重不满，而他则觉得这是千古佳话，只记得当时争吵得口干舌燥之后喝下了一杯刚刚做好的君山银针，只觉得口里满溢着万般的苦涩。由此，对君山银针这和茶叶中的“异类者”因那次争执而有了芥蒂。

我的朋友 M 先生酷爱红茶，我一直以为像他这种年纪的人应该更爱有着沧桑感的陈年普洱。第一次遇见他的时候，他正在办公室品尝正山小种。隐约记得那日天气很好，他从外国坐飞机回到上海，而我在上海结束年前的旅途，我们都带着疲惫，却在一杯杯红茶的香气里提起了精神和兴趣，他泡茶程序不太讲究，但这并未影响正山小种带来的温润馥郁，我那会儿对红茶的知识知之甚少，却被这去除了绿茶的桀骜不驯而带有打开胸怀接纳他人气度的气味所吸引。我与 M 先生并不十分相熟，只知道他生意成功之后周游世界过着闲云野鹤般的生活，但是闲云野鹤太过禅意无法概括他曾经迷惘奋斗的青春。

我忽然明白了他爱喝红茶的原因，他所经历的从经商到从事文化事业再到如今安定下来享受生活的过程，正如一个开始接触茶的人，从当初清澈纯净的绿茶到成熟淡定的铁观音，再到已经成道成仙的普洱，中间当然还有过风格迥异的白茶岩茶等旁枝，但最终皆会臣服于一杯最简单最生活的红茶。

这过程，亦是走过看过之后沉淀出来的人生态度。

我身边爱茶的人并不多，所以常常都是一个人冲一杯淡茶慢慢品，最频繁的喝茶时段是在路上。每次收拾行李，茶叶是绝不可以漏带的，特别是出国旅行，在国外难得吃到中餐，但只要有茶叶在，饭后冲上一杯即可以解乡愁。

运气爆棚的时候，也会碰到同样爱茶的同伴，于是，会心照不宣地半夜秉烛饮茶。同爱一样事物也算得上是知己了，偶然间夜里茶香浓厚，在背包里觅得几块打包的葱烤排骨或者盐焗鸡翅，那夜凉如水的日子里一边喝茶一边啃排骨一边诉说世间趣事的惬意，竟成了记忆中杯觥交错也换不来的良辰美景。

对于爱喝茶的人来说，在国内旅行是肆意的，而我又特别喜欢走访各种三线城市等不知名的地方，所到之处都是一些充满生活气息的大街小巷，那些并不起眼的小餐馆倒是满足了我喝茶的习惯。有一年，受朋友之邀去云南丽江，在福尔摩斯侦茶局上遇到茶居年轻漂亮的老板，没想到年纪与我不相上下的老板，对茶有着百般的见解，坐在身边为我们冲泡一壶用各种花瓣香料炮制的养颜茶“吐陈纳新”，这种对茶侃侃而谈的熟稔，让人很难不为之动容。这一壶花茶清香沁人，打消了我对丽江这座古城所有的顾忌，有时候一杯茶真的能改变人对某一个地方的偏见，甚至对一个人的偏见。

有时候一杯茶真的能改变人对某一个地方的偏见，甚至对一个人的偏见。

那次我还和朋友一起来到束河，在曾经去过无数次的河边咖啡厅对坐，各自要了一杯不知名的红茶，透明质感的玻璃杯盛着，春光洒落在河面上，流水声潺潺，忽然就有种一念清净，烈焰成池的悲壮。而那时我对这个朋友充满了偏见，觉得他世俗土豪，完全不是我喜欢的清新文雅类型。这一次品茶之旅之后对他的偏见却大为改观，刘、关、张桃园结义喝的是酒，酒让人畅怀，我们之间的交情靠的是茶，茶杯碰过之后，便有了知己般的惺惺相惜了。

后来走到国外，仍然是走到哪里都要点茶的。

越南人也爱喝茶，但咖啡是他们的特产，于是茶叶总是被忽略，有时候碰到一家提供茶饮早餐的旅馆，便会欣喜不已，他们称红茶为 black tea，大概是茶汤颜色太深的缘故，我想如果他们遇到中国的普洱茶，会怎么给普洱茶命名呢？西方人则比较聪明，红茶一律命名叫 breakfast tea，就是早餐的时候享用的茶汤，但是我倒是觉得红茶应该命名为下午茶更有意义。

在以滴漏咖啡著称的越南饮用中国茶确实有点反客为主，活生生把人家积存许久的法国殖民主义的浪漫色彩抹杀，但是茶到了越南人民的手里，捧起来喝的却是咖啡的心情，都说滴漏咖啡漏下的是时光的味道，而在那橙黄墙壁木门框下倒出来的一杯质感通透的“黑色茶”，不也有着慢享人生的种种哲理吗？

而在台南，茶味人生的体现更是被演绎得淋漓尽致，台南地区多是闽南人居住，因而保留了很多福建潮汕闽南人的生活习俗，爱喝茶便是其中一个。台南人爱茶又绝对不会像福建漳州街头那样摆张竹椅在自家门口悠然畅饮，那样虽然生活化，但显得有点乡土，台南人们的生活格调是有的，他们更注重喝茶时的环境和心境，台南人借着舞文弄墨，把喝茶作为一种生活的选择，以茶传道。对于台南人来说，饮茶是一种生活，也是他们的文化，他们借着水、茶、道具的摆设，传递着当地的传统与文化。

我在台南小住的日子，经常一个人步行在大街小巷。

十八卯茶屋，是我在傍晚逛街的时候不经意遇到的，十八卯也叫“柳屋”，如果要追溯一下名字的含义，十八卯应该译为“一栋破旧的老房子”。藤制家具，榻榻米座椅，日式风味的喝茶空间，各种设计独特的茶具，轻食，淡茶，老屋子因为茶文化而浴火重生，这样的一个氛围，也正是台南人喝茶爱茶的一个写照。

后来，拜访百年振发茶行，是选择了一个吃过早餐的早晨专门去找的。门面很小很朴素，不细心留意根本就找不到，女主人热情好客，容忍我在里面待了许久。看其与顾客交谈，她并无我想象中对自己的茶百般推荐，而是轻描淡写地介绍。各种高山茶、老茶罐、老茶名、百年印章、白色方正的茶包，简单而从容，这里处处彰显着台南饮茶文化的见证。

我在台南最后一次喝茶是在公园路的奉茶，是偶然的相遇，两个好朋友，在我旅途接近尾声的时候从台北专门坐捷运来到台南，我点了玫瑰普洱，他们分别点了薄荷决明子和姜君奶茶，茶香中叙旧许久，我们在花园夜市中分别，那种相聚的欢乐，分明就是这多了些许花样的茶，茶已经不再是一杯普通的茶了，而是怀念与告别。

很久以前，英国有民谣这样吟唱：当时钟敲响四下时，世上的一切瞬间

只要遇到一杯好茶，便是遇上了故人和知己，孤独行走的路上从此就有了捧着茶杯时那种从手心直抵心间的温暖。

为茶而停。我未曾到过英国，只在它附近的几个国家停留过一些日子，在欧洲，下午茶仍然流行，但是早已经失却了当年的贵族气。

到纽约的时候是冬天，下雪的纽约异常寒冷。

我喜欢在一个城市走路，走到渴了的时候便找个地方喝一杯茶，去到哪里都未曾改变过这种敲门要茶水的怀旧古意，遥想当年徐霞客必然也是在路途中敲开别人家的门，跟陌生人讨要一杯解渴茶的吧，于是江湖味道便渗入在这一碗普通的茶水中。

来到纽约，也未曾改变这喝茶的习惯。于是，在满街皆见咖啡馆的城市里，演绎成经过各家星巴克都会驻足要上一杯绿茶来品尝的戏码。后来，每每与朋友在纽约街头相约，都像谍战片接头那样，约好某一条街某一家咖啡馆或餐馆，他点一杯美式咖啡，我点一杯绿茶，简单的交谈深切的问候之后，各自在大雪纷飞的纽约街头挥手告别，凄冷的寒风，微弱的灯光，来往的行人，像极了好莱坞浪漫大片里的一幕。纽约的印象，便在这一杯杯青涩的茶饮里凝固了。

我想，不管以后的路途中还会遇到什么茶或者偏爱什么茶，只要遇到一杯好茶，便是遇上了故人和知己，孤独行走的路上从此就有了捧着茶杯时那种从手心直抵心间的温暖，于是才更渴望上路，渴望遇见未知的那杯茶和那个在茶汤里品味着人生的未知的自己。

没错，

时光会改变一切

mei cuo , shi guang hui gai bian yi qie

这是一篇，写给自己和那个有点纠结和困惑的曾经还挺自我的女孩的文章。

你说，你不过是把精力投于搬家而无暇顾及更新朋友圈，然而近半月竟然没有一个人来问候你。你突然想到之前看到的一篇漫画，漫画里说，孤独就是：三天宅家里只吃了两顿饭，竟然没有人知道。那晚刚刚下过雨，我接到你的电话，你说你把通讯录里的每一个朋友都打遍了，都没能找到一个可以陪你看电影的人。那晚是周日，第二天大家都要面对忙碌的周一，你却说得好无辜，你说全世界的人都不把你当朋友。只能说，你是一个觉得自己一拨电话就能企图改变别人行程的人。我拿着电话，对你说，你只是没有你想象中的那么重要而已。

其实，你是一个长得漂亮的女生，大大的眼睛，眼角带着一点张扬的妩媚。你曾经在学校的舞会上作为主角，笑意盈盈地征服了很多在场的男女，跟很多陌生的朋友很容易就打成一团。你爱抽烟，后来我发现你并不上瘾，抽烟只不过是你想吸引别人注意的一个幌子，你喜欢用这种不合群的姿势，占据

你的很多标签，都是自己冠以自己的，而不是出身锁定的。

别人心中重要的位置。

是的，你的家境算是挺好的，从小就不愁吃穿，这种优越感也让你觉得一切都是理所当然的。

说到这里，我突然想起民国时期的林徽因和陆小曼。

两人都是名门之后，两人都生长在富裕诗书之家，然而两人的命运性格却截然不同。所以我想，你的很多标签，都是自己冠以自己的，而不是出身锁定的。事实上，我们每个人都不是自己想象中的自己。你常常给朋友们打电话，你的热情大家都晓得，但是并不是每一个人都会主动想起你，你知道吗？上次你打电话给我的时候，已经超过晚上11点了，你劈头盖脸就诉苦，完全没有想到此时已经深夜会打扰到我，要知道当时的我极困，我是硬撑着听完你的电话，第二天还要早起赶航班。

你看过，只有主角没有配角的电影吗？

这个世界上，你不可能成为每个人生活的主角。我曾经说过，我自己的

你也会在时光里，变成最美好的那一个！

生活其实苍白而且平淡，但我喜欢自己这种为别人鼓掌的人生。这么看来，我们的生活显然是两个极端，你是英雄，而我是为英雄鼓掌的那个人。其实更多时候，我们都应该折中一些，我或许在自己擅长的圈子里获得过一些荣誉，你也应该在自信坚持的同时，看到别人的优点，为别人点个赞。

说说你那段让你心碎的感情吧。

其实，你的男朋友真的很棒，你聪明美貌，他踏实沉稳，我觉得你们就是天造地设的一对。然而，喜欢“作”的你硬生生把这段缘分掐死在你的高高在上中了。你们原本打算明年就要结婚的，然而他却在最后一次临近崩溃的时候，彻底放弃了你。你说，他一定会后悔的，他一定再遇不到比你更好的女人。当渴望过上安稳生活的他，生生被你的呼来喝去颐指气使吓跑，你觉得他还会为失去你而感到无比遗憾吗?

你知道吗?

那天你失恋跑来我的单位找我，我们部门正在准备开每周的党政联席会议，作为院长秘书，你觉得我必须抛下整个会议，带你去某家咖啡馆坐下来安慰你的情绪吗？那天把你一个人冷落在我的办公室里，你为此没理我半个月。

我知道，作为一个生活的配角，我并没有权利去建议你该怎么过日子。

作为你的朋友中的一个，我曾被你的热情和快乐感染，我喜欢你脸上灿烂的笑容，也喜欢你对待朋友的落落大方和不拘小节。其实，抛弃那些钻牛角尖的别扭和你常常自以为是的高高在上的俯视，我依然觉得你是一个很美好的姑娘，我真的希望你过得更好更快乐一些。

你有没有发现，即使你离开一段时间，这个世界仍然井井有条。

大家都在各就各位生活着，并没有因为你的缺席而有任何影响，而别人也不会怀疑你是失踪了，生病了，还是被绑架了。

每一段关系，都是有因有果的。

当你把看待世界的眼光变得柔和，你眼前的一切才会呈现出温和的模样；当你接受别人可以做出不同的选择，当你接受别人有拒绝你的权利，你一定会快乐起来。当你得意时，别人说你好；当你失意时，别人说你差，然而事实并没有你想的那么绝对。

当习惯俯视的你也仰望天空，你会发现，原来世间那些让你痛苦为难的一切，都不过是你的想象。之后，你就会像那只划过天空的飞鸟，曾经为自己的翱翔感到骄傲，但累了也会找一棵树停下来，默默地栖息。

没错的，时光会改变这一切！

你也会在时光里，变成最美好的那一个！

我就爱
那个毫无装饰的自己

wo jiu ai na ge hao wu zhuang shi de zi ji

之一

不化妆，素颜，何时又成了一个矫情的标志了？

那天有个妹子跟我说，在他们公司，几乎没有不化妆的女孩子。大家都认为，化妆保持好状态，是对自己对别人的一种尊重，于是皮肤经常敏感而不敢常用化妆品的她成了异类。

因为经常出门旅行，也不需要接见客户，我的状态跟妹子一样，化妆包里除了一支防晒霜，再无其他。但是，这并不代表我们默默无闻，也不代表我们不爱美，不是吗？因为没化妆，我们早上总是能多睡很多时间，累到要趴下的晚上也不用花一小时专门用在卸妆上，没有在严冬时因为干燥天气而敷着满脸的粉，没有在炎夏时脸上淌着黑色的汗。尽管，我们看起来不够光彩照人，但一样精神奕奕。

精致的妆容，往往第一眼会把人拒之千里之外。然而，我们干净的脸上

我们干净的脸上写着的是从容的笑，可以大笑也可以肆意地哭。

写着的是从容的笑，可以大笑也可以肆意地哭。我们的骄傲不是让别人过目不忘的容颜，而是在于只要见过我们照片的人就能一眼就在人群中辨认出我们来。

这，是一种靠谱和让人安心的真实。

当然，长得美的就一定过得比我们好吗？

是的，但是前提是长得美，而不是化得美，对不对？

我就是爱那个不化妆的自己，这样庞大的自信，难道还不足以攻陷软弱的内心么？

之二

最近一段时间打开网络，几乎每个朋友都成了摄影家和旅行家，网红随处可见。

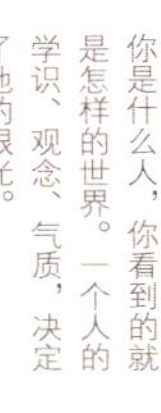

你是什么人，你看到的就是怎样的世界。一个人的学识、观念、气质，决定了他的眼光。

然而，这样一个充斥了大量美丽图片的圈子里，没有几张图片能深深进入脑海里并记住的，包括自己的在内，表达出来的都是虚荣和浮躁。所以，我暂且放下了沉重的相机，拿起画笔，用更安静的方式记录我看到的世界。

有个抄水表的工人叫刘涛，他花了6年时间，每天4-6个小时，拍同一条街道，用平凡与坚持捕捉一刹那就会溜走的表情。抄表工，对于一个80后来说，这真的不是一份好工作。他买了一部很简单的理光相机，开始诠释他对生活的理解。六年里反复拍一条街道，跟六年去好几十个国家旅行，单调的生活与丰富的经历简直无法比较，然而刘涛的作品却被人记住了，上了央视，上了BBC。

这个故事给我深刻启示，你曾经有过的想法，你是什么人，你看到的就是怎样的世界。一个人的学识、观念、气质，决定了他的眼光。

自己给自己冠以摄影家旅行家的名称有什么用？有能让人记住的作品吗？

之三

近几年，幸福指数一直排在榜首的是北欧。

在北欧，放眼望去几乎没有高楼大厦，人们穿着朴素，开着旧车，吃着简单的食物，每天晚上7点以后街上就开始静悄悄的，没有灯红酒绿的夜生活，没有奢华的消费……

于是，有人觉得北欧大概是自杀率最高的地区吧？

我们在成长中不断地抛弃一些东西，最后剩下的，便是最弥足珍贵的。

然而，并不是。

只是，北欧人有着自己的生活方式而已。比如，他们会觉得孩子是自己生活品质的重要部分，特别是男人，瑞典男人爱孩子是出了名的，网络上流传手臂纹着纹身背着孩子的金发帅哥，大多数是瑞典男人。丹麦人的婚姻观念不强性观念也很开放，但是丹麦男人却是很保守很专一的，他们从小就被教育要热爱女人和尊重女人，不管是女友还是姐妹或母亲，所以他们信守承诺，不会开空头支票。

此外，北欧人还会找到让自己高兴的事情去做，这也是他们幸福的根源。

其实，快乐就是很简单的事情，比如晚上的家庭时间，有人陪伴一起吃个饭，为老人和孩子专门安排一次旅行，又或者宁愿少赚点也不牺牲休息的时间，这都是他们自己的选择罢了。

之四

2014 年的今天，我在西班牙马德里，坐在帝国酒店的天台酒吧上，看城市的晚霞；2015 年的今天，一个人，住在苏州的平江府里看荷花；2016 年，此刻，陪家人做蛋挞，跟父母聊天，吃饭睡觉看了会儿书……

日子在回归中变得平淡起来，没有波澜没有了惊心动魄。

前两日，接受河源广播电台的一次采访，老同学把我前几年旅行的经历总结了一下，标题是《河源 80 后姑娘抛光一切游世界》，看到标题的第一感觉就是，现在提到 80 后，大概就像当年我们提到 70 后 60 后，都是老一辈同志的感觉了吧。

慢慢地，时间也剥夺了我们对探寻世界的激情。

辞职去旅行的想法，依然还充斥着在办公室里安分守己按部就班人们的灵魂。谁都曾动过念头，每天在夕阳下沉醉，或每天追着风跑，但是，这种无根的漂泊，总有要停靠的时候。

停下来做一件事，并不代表不再出行，只是，旅行将不再是生活中最重要的部分。

我们在成长中不断地抛弃一些东西，最后剩下的，便是最弥足珍贵的。

我现在最最不屑做的事情，就是把原本带着许多困惑、有着万种艰辛的生活，镀上金银带上光环，去错误地引导别人。

每每，看到还有人乐此不疲地这样做着，心中就感慨，曾经自己不也这样傻过？

慢慢来，我们都不赶时间

man man lai , wo men dou bu gan shi jian

有没有发现，你静下来沏着茶，慢悠悠写的那几个字，往往比你一早上赶抄的八遍《心经》，更有味儿？

你在一个古村落花一个星期住下来，比你匆匆来采个风第二天就走拍出的照片更耐人寻味？

究其缘由，都是时间的问题。

慢工出细活，放在哪儿都不过时，而心境亦然。

有些导演三个月就赶出一部泡沫电影，当然也收获了当今无数吃快餐的年轻人的胃口，但是这种没有内容没有质量的影片，到头来只是浪费了资源消耗了观众的时间。

《我们诞生在中国》，陆川的作品，这部用了三年时间制作的动物电影即将上映，不知道它会不会有只上映几个小时就被下线的遭遇。但我知道即便这样，依然会有无数想要了解这部用心制作的电影的人，如我一样，四处寻找它的种子。100 多个顶级老外摄影师，从青海、四川、江苏、浙江、黑慢工出细活，放在那儿都不过时，而心境亦然。

龙江一路潜伏，曾为了守候玉树的雪豹一个月在风雪中毫无收获。

电影的预算很小，面对中国电影烧钱的现状，花长时间在艰苦的环境中取材，得到 80 分钟唯美的动物画面，这种“不赶时间”的杰作，不止是对技术的精益求精，也是一种不求利益的纯真向往。

陆川说，《可可西里》之后，藏羚羊的数量从几千只增长到十几万只，这就是花时间去做一件有意义的事的价值所在。

为什么都是老外摄像师？还是顶级的？

答案不言而喻。

在中国，花不多的钱请到专业人士去做这种吃力不讨好的事情，真是一件很难的事情。是要修炼到哪个层次，才能有如此觉悟。然而，在国外，即便是大师，这对他来说也不过是花点时间去完成一个作品而已。

说到不赶时间，我也想起了茶。有个朋友酷爱铁观音，但众所周知，铁观音只有秋茶的品质更好。为了等中秋过后的秋茶，他宁愿把去年的茶留着一点点品，实在太上瘾的时候才翻出来解渴。宁是不喝春茶，这种态度听起来有点执拗，但我觉得此人的生活应是蛮有趣的，我们不赶时间，我们等茶，有趣的人才会花时间去做这样一件别人眼里的闲事。

夏天的时候，我们都爱喝冷饮，有咖啡瘾的朋友很是热衷于喝冰咖啡。有一次去小洲村，他来做广州的专题采访，我们在那里遇到了一家专门做冰咖啡的店，平时喝的冰咖啡都是用热咖啡加冰稀释出来的，但这里做的却是冰滴咖啡，冰块慢慢融化，冰水滴在咖啡粉上，需要三个小时，才能做出一杯原汁原味的冰滴咖啡来。此位兄弟每次到广州也只能跟我喝上半杯咖啡，他的时间太匆忙太珍贵，然而实在没有想到他会为了一杯冰滴咖啡等待了三个小时。“你似乎能看见咖啡豆里的脂肪酸在冰水里慢慢释放，等待的过程中口水都在嘴边打转。”他说。

“不赶时间吗？”

“为了它，我愿意。”

常常会收到一些朋友的咨询，问我怎样才能迅速成为一名知名的“旅游达人”。为此，我还专门写了一篇调侃的文章，叫《如何成为一名超级旅游达人》。但，调侃归调侃，今日还跟一个资深旅行家朋友聊起这件事，都感叹如今旅游达人圈子入门门槛太低，已经把这个称谓拉低了好几个等级。现在的我们，都处在各自的迷茫时期，都想通过精彩实在的内容来打动更多热爱这个世界的朋友。从当年喜欢旅行到在博客上写游记，慢慢地熟悉一个个地方，用文字和图片记录这些旅途，到后来被一些朋友们认可追随，被冠以“旅游达人”的称呼，这是一个非常漫长的过程。我很享受这其中遭受的一些心路历程的变化，也享受期间学习渐进的过程。但是在时下，对于拍几张照片，写几篇百度出来的游记，去个东南亚几国游，就已经是超级旅行家的浮躁现象，实在没办法再将自己置身在这种环境中。

我不敢说这是一个大染缸，因为有竞争才有进步，但是这种速食的状态一定会把我原本追求的东西破坏掉，以致梦想破碎，随波逐流。

以前的时间很慢，一生只够爱一个人。

现在的时间也不着急啊，是不是我走慢一点，就无法抵达目的地？是不是我稍微休息喘息一下，就会错失十个亿？

其实，对于我们任何一个普通人来说（我们当然不能跟奥运会上争分夺秒的选手比较），能够慢慢去做一件事，反而是难得的幸福。

企业家们富豪们着急，是因为他们喝杯茶就可能导致上千万的流失；领导们着急，是因为他们的一个决定会影响整个团队的运作；明星们网红们着急，是因为他们吃的是青春饭再过两年就不吃香了……

而你和我，作为一个扔在茫茫人海中就淹没的普通人，我们着急什么呢？

既然，我们什么都没有，有的只是时间，那就让时间来见证我们的价值吧。从现在开始，去做你想做的事情，花多点时间去学习和观察，时间一定不会辜负你的。

PART 4

勇敢

好好努力，变成自己想成为的人

在这凡俗人生，我们都曾不堪一击，我们终将刀枪不入！

好好努力，你才可成为自己想要成为的那个人！

姑娘，并不是每一个人都需要成功

gu niang , bing bu shi mei yi ge ren dou xu yao cheng gong

不得不相信，有时候服软，也是一种能力。

自从辞职后，我收到很多人对我的评价：领导们觉得我另寻高就，找到了一份比高校教师更体面的工作，是一种成功的逃离；同事佩服我的勇气，觉得像我这种亡命之徒，若没有一技之长傍身，定不能下如此决心，此时他们眼中的我，是赚了大钱要回来请客的模样；同学会我因为忙得没有时间去参加，同学们自然就讨论我到哪个国家度假去了……总而言之，在大家心目中，我已然是一个成功的女强人了。

然而，此时的我正拎着一份打包的盒饭，为没追上公交车而焦虑着。

很多体面风光的事都是拿出来给别人看的，自己在做什么，唯有自己知道。

以前，每天是坐班车上班的，跟我一起坐车的是一个来学校实习的姑娘。姑娘长得挺好看，又是名牌大学毕业，按理来说她应该为自己的前途无量充满期待才是。在单位里她是最积极的一个，只要别人有要求，她都可以无偿帮忙，打字复印烹茶扫地，甚至中午帮人从饭堂打饭回来。部门开会的时候

不得不相信，有时候服软，也是一种能力。

她也是绞尽脑汁迎合领导的意见，附和同事们的想法。小小年纪也不知道从哪里学来那么多所谓的“处世之道”，这让常常默默无闻的我们感到意外。看起来整个部门，就只有她一个人在拼命的样子，我们都成了蛀虫。

每次坐班车，她总爱跟我打听同事们的事情。有一天，她无端端给我拎了一大箱枣子来，原来我之前跟她提过我喜欢吃新疆的大枣，我不知该感动还是该为她担心。她说，她必须不惜一切代价在高校留下来，做老师当教授，那是她和她男朋友认定的成功的目标。

努力工作积极进取，有错吗？当然没错。然而，并不是每个人都需要成功啊。

成功的定义是什么？

是在闪光灯下侃侃而谈，还是被头条采访？

是坐拥豪宅开上豪车，还是一夜成名做了网红众人皆知？

可能我身边成功的女强人太少，我不太理解女强人的内心世界。但是，

如是，自由洒脱地看世间繁华，看世事无常。

我知道她们所做的示范，就是让所有姑娘们振作起来，千万要经济独立精神独立，一定要自己赚钱自己花，不要依靠臭男人。

确实是啊，曾几何时，我也是信誓旦旦要做一个独立成功的女性，即便不能留名百世，但至少要让父辈们觉得光彩。

那天我带着疲惫的身心回到家里，妈妈看着我瘦削的脸，心疼地说：闺女，其实我和你爸爸就只想看见你每天回来吃一顿安心的晚饭，这样就是我们最大的满足。此时此刻，父母眼中自己姑娘的成功，不过如此简单。不是给他们造了豪宅，不是给他们请了贴身保姆，不是给了他们在邻里间炫耀的光彩，而只是看着女儿脸色红润、身体健康、心情愉快、安好地坐在他们面前而已。

有一天在小区遇见一个熟人，仔细辨认之下才认出是大学同学。

她一边逗着自己的双胞胎女儿一边跟我打招呼，眼前这个穿着家居服的少妇让我吃了一惊。大学的时候她是我们的班长，班级里六十多个人被她管得服服帖帖的，学生会里她也是领军人物，在学校的大学生管理之星中她还拿过冠军。所有人心目中，她就是成功的榜样，我们似乎都能看到她毕业之后在公司管理高层里叱咤风云的样子。然而，毕业后她结婚了，然后生了孩子，然后在小区里开了一家手工护肤的小店，有空的时候营业，没空的时候打烊，她哼着歌哄小女儿入睡，那样子满足又幸福。

成功是什么?

也许你并没有活成别人期待的那样子，但是，快乐，难道就不算一种成功么?

辞职两年，收到一些高校的邀请，希望我能回去给同学们指点人生。往往这样的说法会让我退却，让一个并不成功的人来给别人指点通往成功的路，确实心虚。于是，我会婉言拒绝，说也许跟大家分享一点生活中的快乐会比较靠谱。谁也没有规定，只有衣锦还乡才有资格站在讲台上述说自己的人生经验，有时候我们更愿意听到失败者的心声。

当那个跟我同坐一辆班车的姑娘，有一天突然跟我说：“那件事情我恐怕办不到。”而不是硬着头皮保证：“我一定努力去完成。”

我想她必定是成长了，服软就是一种成长。

我们常常强调，要男女平等要独立，但事实上这个社会若男女之间各司其职也许会更加和谐。心要低到尘埃里才能开出花来，然而，即使不开花，那又如何？做一粒微不足道的尘埃的快乐，做一颗随波逐流的水珠的快乐，才是真快乐。

如是，自由洒脱地看世间繁华，看世事无常。

世间没有通往成功的捷径，但是却有很多通往快乐的捷径。

——有时是一朵花，有时是一阵风，有时甚至是一个微笑……总之，只要你快乐就足矣！

至少还有一件事，
让你热烈地爱着这个世界

zhi shao hai you yi jian shi , rang ni re lie de ai zhe zhe ge shi jie

几乎每个星期都有那么一天，什么事情都不想做，什么事情都做不好，整个人完全不在状态，严重的时候，会怀疑自己的价值观以及所做选择的对错等等。

情绪低落，在年龄渐长之后，竟然也如例假周期一般如约而至。

那日我正在湖南做采访，接到在美国墨西哥等地周游世界的小北的信息，原本以为她会兴致勃勃地跟我介绍她在旅途中的感动，没想到第一句就说她睡不着，那边已经是半夜两点了。一个人睡不着，除了心事再无其他，我细一算，她这趟出去，有大半个月了。

有什么心事呢？我问她。

真的是一点事都没有，就是不知道为什么，突然好厌倦现在的生活。

几个月前小北辞掉朝九晚五的工作，跟男朋友去环球旅行。在辞职后的几个月里，她几乎每个月都出国一次，年少时对这个世界的热爱都化作一腔热血，如今终于付之行动，每次为她的朋友圈点赞之后我都感叹，梦想实现

几乎每个星期都有那么一天，什么事情都不想做，什么事情都做不好。

的样子原来就是她这样幸福的样子。

然而她跟我说，她越来越不喜欢旅行了，不知道为什么，最近游玩归来，躺在床上就感到非常累，那种累不是身体的劳累，而是一种厌倦和空虚。一直以来，成为一个旅行家是她的愿望，环游世界是她人生追求的目标之一，只是如今的她全然是一副迷惘的样子。

我问她，现在还有没有一件事，让你为之疯狂?

她语塞，想不到如何回答我。

真的爱旅行爱到疯狂的境地吗? 肯定不是，疯狂的概念，应该是永远不会厌倦，一直都是前进的动力。

我说小北，你的男朋友没有跟你一样对旅行产生厌倦，那是因为他为摄影而疯狂，但是你没有。

记得有一次，我参加活动，正好与他们二人一起到美国旧金山。发现小

不如停一下，找个地方停下来思考，问问自己究竟想要怎样的生活。

如果疯狂显得太过用力，那至少，有一件事，值得你专注去做，若没有，那必定是遗憾。

人自然不可避免有情绪低落的时候，但热爱的事情，不会因为低潮时期而放弃。

北是个淡定随意的女人。而不像他的男友，连每天照常升起落下的太阳都会热情地歌颂一番，为了拍湖边倒影可以在那儿守候一个下午，为了拍星空可以一夜不眠。

我们在一号公路上自驾，总是会听到他赞叹美景，一路不知停了多少次车下来拍摄。这让小北很抓狂，但问题就出在这里。男人爱摄影如此疯狂，所以他对旅行乐此不疲，旅途中总是不断有新的动力，促使他前进变换。但是小北没有，她对旅行的喜爱，仅仅是喜爱而已。

终于找到症结所在，我跟小北说，不如停一下，找个地方停下来思考，问问自己究竟想要怎样的生活。

有一天看时尚杂志，杂志在讨论理工男与文科男，便想起我的高中时代来。那时，我自己是读理科的，却对隔壁班学文科的一个男生念念不忘，仰慕对方的文思泉涌，觉得学文的人，知识渊博，什么都知道。后来慢慢成长，像我这样当年追着三毛《红楼梦》的文艺青年都已经老老实实工作生活的时候，那个文科男仍然过着飘在空中的生活，懂得太多的人，却没有一样事情认真钻研过。

这个时候，我才发现那些专注于自己工作领域的理工男，哪怕他们吃饭的时候仍然捧着《海贼王》不放，都是这般可爱与靠谱。

杂志最后的结论是，女孩子可以跟文科男谈恋爱，最后总得嫁给理工男，因为只有安安稳稳过日子的人，才是可以托付终身的人。不得不为学文科的那位高中同学唏嘘，一段段恋爱谈过来，却始终没留住任何一位在身边，大概是他的爱，也是没有办法专注在一个人身上吧，他知天文晓地理，对华夏上下五千年，世界奇闻逸事，无所不知。但是，你要他说最爱什么最擅长什么，他无法回答。

如果疯狂显得太过用力，那至少，有一件事，值得你专注去做，若没有，那必定是遗憾。想一想，哪一件事自己专注过，不受人干扰，就凭热爱，坚定不移?

人自然不可避免有情绪低落的时候，但热爱的事情，不会因为低潮时期而放弃。

那天小北给我信息的时候，她提到的问题我当时也问了自己一遍，如今的我，难道不曾像她那样对旅行产生厌倦的情绪?我想了想，有过，而且是深深的付之行动的厌倦，但已经过去了，因为我很快调整了过来。那段时间很糟糕，不想任何人把我跟旅行联系起来，删掉了微博，取消了相关的认证，希望自己被埋没在人堆里，想从头再来，走一条跟以前完全不一样的路。

痛定思痛，低落了一个星期之后，从谷底走出来，这种意气用事太冲动，那些被删掉的东西不复存在，但记忆仍然很清晰，看到自己的拍摄的图片仍然感动，想到远方仍然会双眼通红，我还是那么热爱旅行，不是因为它能带给我力量带给我蜕变，而是我目前只能通过旅行来满足自己内心蠢蠢欲动的对世界的好奇，这种欲望促使我不断地离开家，寻找陌生的环境，寻找陌生的人群。

我跟小北说，我爱旅行，不至于疯狂，但未曾厌弃，我想通过自己的双眼去了解世界，我想拍下我看到的世界，我想呈现更多我的情绪给认识我的人，我放不下手中的相机，停不下自己手中的笔。虽然没有像理工男那样有一个自己专注的领域，不像科学家那样可以创造出更多的价值，但至少，我有一件疯狂的事，它让我憧憬自己的未来。

某一天在小区里碰到老同事，她身怀六甲，悠闲地看大妈们跳广场舞，旁边是她已经上幼儿园的调皮儿子，我跟她聊了起来。我认为她放弃了好工作生孩子是一件不理智的事情，她却很看得开。她从小就喜欢小孩，当年报考师范院校也是一心奔着当老师去的。如今家里有条件不用她上班，她就专心把孩子抚育好。而让她“疯狂”的那件事，就是不断地研究各种教育方式，国内的国外的，她说看到自己的方法运用到孩子身上见效，就会感到无尽的成就感。

爱让人疯狂，不是吗？我们所能坚持的，也都是因为爱。

离开时她跟我说，她想在小区里开一家早教中心。

我回头看这位十足家庭主妇样子的女人，她的脸上却洋溢着自信和对未来充满期待的笑容。

回到家里看见退休的爸爸在做饭，他最近新创的啤酒红烧肉，味道还真的不错，他现在最热衷的一件事，就是每天变着花样给我做好吃的。对于他来说，人生已经走过了疯狂的阶段，他现在所做的一切，都是为了我，为了我热爱着的那个世界。

爱让人疯狂，不是吗？我们所能坚持的，也都是因为爱。

再接到小北的信息，我已经开始我在台湾的创作之旅，对于旅途我带着无休止的好奇与渴望。而小北此时，已经回到北京重新开始自己熟悉的公关工作，对此游刃有余的她，似乎开始在工作中又重新找回了激情，那段周游世界的旅行，对她来说，只不过是中间尝到的一道凉菜。

很美好，却是为下一道正菜做准备的。

在看似漫长却短暂的人生里，始终有一件自己很想去做的事，是幸福的。

有时，
我们只需一个转身

you shi, wo men zhi xu yi ge zhuan shen

自从念书工作以来，离开家乡好多年了，近几年去了很多地方，也接触了来自世界各地的朋友，有时候都几乎记不起家乡的样子，儿时的玩伴模样在脑海里日渐模糊，连名字都已经开始忘记。经常因为各种原因，过年过节也没有回家乡待过，常常是为了探望亲人，匆匆来了匆匆又离开了，记忆中家乡的模样，偶尔会在梦中出现，一栋旧房子，家门口的那一洼池塘菜地，逝去的亲人，父母年轻时的模样……梦中醒来竟然也会无声哽咽，想起那些年少轻狂的岁月，仿佛已经是上辈子的事情。

那个叫家乡的地方，早已经不是原来的样子。

最近一次回到家乡时值元旦，仍然是匆匆忙忙，夜里坐车抵达这个边远粤东城市的车站，四处高楼林立，已经分辨不清楚回家的路。没有带房卡无法进入小区的电梯间，从楼梯间上去，出来竟然分不清楚哪个方向是家门，各个家门口都贴着大大的红色的福字，铁门紧闭，直到打父亲电话，见一扇熟悉的门打开，一只黑色的小贵宾狗雀跃着跑出来迎接，才终于感受到回家的气氛。

那个叫家乡的地方，早已经不是原来的样子。

母亲说，因为家里常年没有人居住，她回来的时候由于厨房积水，整个房子被一些垃圾淹没达半米厚。

我看着自己房间里被擦得光亮的地板，心中一股难言的酸楚。

这次回家，是带着情绪回来的。

人生无常，似乎在此时此刻告一段落，随后的日子，需要拐个弯继续前行。

旅行对我来说已经不再是一个能修复情绪的出口，回家才是。我们的房子早已经搬离原来的小镇，在城市里安家。每次回来铁打不动的两件事就是去马路对面探望外婆，以及回到儿时的小镇，看看年老但仍然坚持劳动的奶奶。

外婆年近八十，身体不如往年好，但是因为信奉基督教而生性乐观，到外婆家吃饭，嚼着她煲的仍然夹杂着生米的饭，心里百般滋味。很多年前我在城市里上高中，住在学校破旧的宿舍楼里，那是我第一次离开家人独自生活，日子过得忐忑而没有安全感。外婆那时候的身体很好，在我刚开学的几天里每天坐公交车来看望我，我每次从饭堂打饭出来，远远看见绿荫道上外

人生无常，似乎在此时此刻告一段落，随后的日子，需要拐个弯继续前行。

两耳也闻窗外事，只是事不关己，权当下酒菜一碟。

婆的瘦长身影，便发誓以后无论如何也要回自己的家乡工作，再也不离开亲人。后来我干脆搬到了外婆家住，像城里的其他的孩子一样每天踩半个小时的自行车去上学，回到家吃外婆做的饭菜。

高考那一年，舅妈生了小表弟，我复习完功课最快乐的事情便是吃舅妈坐月子的鸡酒，抱着刚出生的小表弟逗乐。许多年过去，舅妈老了，小表弟已经上学，外婆白发苍苍，只有我仍旧那时的模样，然而心境却已经是千山万水。

奶奶居住的老屋子，这么多年来一直未改变过。

那栋两层楼的水泥房子，承载了我儿时所有的记忆，木制的楼梯上，还有当年玩过家家时留下的印记。屋子前原本有可以游泳捕鱼的小溪，现在已经被水泥封死了。道路拓宽了，人也不再是当初的人。

家乡的奇人怪事越来越多，成了这个小镇大多数人茶余饭后的谈资。

有时候听到一个曾经熟悉的人因为神精病自杀，一个曾经打过照面的人在一栋无人的楼房里死去，并被老鼠啃去了眼睛，这些只在街头杂志里才会出现的故事居然发生在自己的家乡，突然感叹原来一个小地方也可以是一个传奇，只是故事都藏在一些平凡人的口中，而没有广而告之罢了。

自从爷爷过世之后奶奶一人独居，生活也有滋有味。

我每次看到奶奶健康的身影，心里总是生起一种安慰。有人说生命在于运动，也有人说生命在于静养，而我觉得，运动和静养都是必需的，但关键在于人活着的心态。

这个地方并不是我回忆里的那么浪漫和美丽。

在小镇每日上演不同类型的故事的同时，有人却甘于寂寞平淡，悠然过着属于自己的清静的人生，两耳也闻窗外事，只是事不关己，权当下酒菜一碟。

这几年，父母已经搬来广州居住帮我打理日常起居，我很感激我到现在仍然能和父母住在一起，甚至觉得这是一种上天的恩赐。自从上大学之后，离开父母独自在外，一个人的时候会怀念母亲做的酿豆腐和鸡酒，那种浓烈的香味让我有种要回家的冲动。我是客家人，我的祖辈们从很遥远的地方迁徙到广东东面的小城市里，为了生计，爷爷那辈又从客家人的聚居地，迁到了我爸爸以及我出生的地方，我有时候会把自己喜欢目前这种漂泊流离状态的原因，归结于自己的祖先们。

客家人，本来就是带着随遇而安的血脉传承下来的，只是到了我这里，演绎得更加颠沛流离而已。

爷爷是个裁缝，一辈子兢兢业业操守着自己的生计，过着清贫的生活，直到他去世，似乎都没过上特别好的日子。

虽然如此，我记忆中的爷爷，仍是一个懂得生活的人，做菜做得非常好，

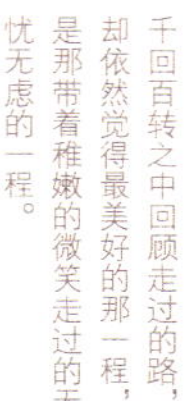
千回百转之中回顾走过的路，却依然觉得最美好的那一程，是那带着稚嫩的微笑走过的无忧无虑的一程。

甚至可以亲自操刀一场小婚宴，连我比较苛刻的母亲想起爷爷做的菜肴，都有一种想要落泪的怀念。

我依稀记得，小时候洗澡的一些情景。

那时候家里没有热水器，洗澡都是拿着那种锡制的桶，烧开了热水，拿着毛巾往身上浇水来洗净身子。这种原始的方式却给我目前旅行生活带来了很多启发，出门的时候总是会带上一个脸盆，遇到一些生活不够便利的地方，常常会没有水洗澡，于是拿了脸盆盛水，用毛巾浇水在身上，同样畅快淋漓，仿佛回到了儿时祖辈们坐在我身后为我一边淋水一边擦拭的时光。

家乡是一个离市区不远的小镇，我曾经很想以这个小镇为背景，写一篇小说。只是，生活带来太多浮躁和不安，至今未能静下心来好好做这件事。

我发现，我的家乡纵然有很多美好的回忆，但是很多时候我从儿时的伙伴以及一些家乡朋友的口中发现，这个地方并不是我回忆里的那么浪漫和美丽。在他们的描述中，小镇的人自私又势利，很多年轻人沉迷于赌博，妇女们爱勾心斗角，大量外来务工的人员给这里带来了很多文化的冲击，以至于这小小的镇子里，物价上涨，并有很多黑市交易，经常上演一些离奇的故事。

小镇已经不是以前那个青山绿水的小镇了，很多稻田被荒弃，盖了不成规模的商品楼，最后成为烂尾楼，像一座孤独的坟墓屹立在山间。

以前奶奶一直耕种的菜地，现在也被征用建了高速公路，但奶奶仍然坚持在自家楼下的小块菜地里种菜，七十多岁的她每天早上担着水去淋菜施肥。我们回到家里，拿着奶奶种的菜做晚饭，那种带着泥土气息的青菜，是在大城市里吃不到的美味。最近一次回去的时候听说花生收成不错，于是奶奶拿出来招呼大家吃她自己晒好的盐水花生。我和弟弟都不知不觉吃了无数，小时候家里太穷，唯一的零食便是拿着爷爷给的几分钱到路口的小卖部买两粒糖果。我想，如今我们都那么渴望美食，也许跟小时候家里没怎么吃到好东西有很大关系。

临走的时候，奶奶还让我们带了一袋生的花生回去煲汤。

我很感动，时至今日仍然能得到这些来自家乡的珍贵礼物。站在家里的天台，看着奶奶用竹签编好的篮子晒着白菜干，白晃晃的阳光直射下来，照在斑驳的墙上，照在奶奶银色的发丝上，一种岁月无情流逝的伤感直逼心头。再看看远处的高架路延伸过来，早年种植的荔枝树林早已经被砍得一干二净，而那片树林曾经是少年时期的我感觉最神秘最向往的地方，那里住着故事里的神仙和妖魔鬼怪，如今再低头瞧瞧刚刚被推土机推过的土壤，心中百般滋味，分不清这是哪里。

父母是医院的员工，母亲作为老护士也已经退休多年。

记得小时候生病打针，都是母亲给打的，医院的其他叔叔阿姨常常会赞扬我打针时的勇敢，其实我那时觉得很疼，只是要强装笑容给大家看看我有多勇敢，这种倔强的性格一直到现在都未改变。

年少的时候，我就居住在医院的家属楼里。

那时候小镇的医院很简陋，一个家庭就只有一间平房，好几口人挤在逼仄的房间里，母亲会在小院子里洗衣服，而小小的我也会在院子里洗澡，记忆最深刻的便是大年三十的时候拿着大脸盆在院子洗澡，那时候过年才有新衣服穿，我兴高采烈，也没有在意自己光着身子，抑或有隔壁男孩的偷窥，畅快淋漓地等待过年的到来，忘乎所以。

那时住的平房，厨房必须走几步路到另外一个方向。到了冷天，做好的饭菜端到房间来都已经凉了。房子也没有厕所，常常半夜尿急的时候，就打着手电筒去找最近的小土沟，实在不想出门只好用痰盂解决，所以那时候清晨，家家户户出来倒痰盂的情景是很壮观的。后来家属房改造，但仍然没有太大的改变，只是厨房建在了房间对面，厨房有一条小小的水沟流过，有时候实在忍不住，就在厨房的小水沟里解决。最要命的还是平时去上医院里的唯一的一个厕所，每次去的时候总是要排队很久，住在我隔壁的一个老奶奶经常叼着烟在那里等厕所位子。现在，老奶奶早已经离开了人世，但是她叼着烟对排队上厕所的年少的我说“孩子，让阿婆先上”的那种霸气，仍然历历在目。这个唯一的厕所建在医院的太平间旁边，我曾经有几次半夜一个人打着电筒去上厕所，至今想来仍然很佩服自己的勇气，想必现在如此大胆便是从那时候锻炼起来的。

自从母亲退休之后，我似乎再也没回过小镇的医院。

其实，我最长最深的童年记忆便在这里。医院早已经面目全非，几乎所有的楼房都经过了改造，往日的树木花草也不复存在，曾经常来串门的叔叔阿姨们，有些已经离开了人世，记忆中已找不到他们清晰的模样了。但躲在房间里做作业，听着大厅里父亲与他们交谈着茶杯互碰的声音以及爽朗的笑声却依然回响在耳畔。

亲切依旧。

小时候父母对我管教严格，早早就把我送去幼儿园念书。

在镇子里我是出名的乖小孩，同伴们不敢轻易约我出去。念初中的时候交际突然就变得广了起来，那时候心中的文艺细胞开始爆棚，跟同伴办报纸办诗社，每到节假日去镇子里废弃的火车站聚会，大家围坐一起谈论三毛和《红楼梦》，还常常做一些抽签的小纸条，像《红楼梦》里的姑娘们那样，抽签作诗。经常在一起玩乐的伙伴父母都已经熟悉，医院家属楼下有一个用水泥砌起来的象棋桌子，伙伴们来找我的时候，就在楼下叫我一声，知道我出门总是磨蹭，他们便在楼下下起了象棋，这温馨的一幕总是记忆犹新。

小时候的小镇，并没有太多的娱乐设施，没有卡拉 ok，没有奶茶店铺，也没有酒吧咖啡厅，甚至连一间像样的饭店都不多见。只有，一家小型的电影院经常播放着一些过气的电影。

常常有宴请等喜事的时候，都是自家人亲自操刀，似乎每一个家庭都有一个像我爷爷那样能操纵整个场面的大厨师。

杀猪杀鸡放鞭炮的场面，是我孩提时最快乐的回忆。

而小伙伴们好不容易约起来聚餐，便是在一家福建人开的小馄饨店里。

每人手捧一碗薄皮馄饨大快朵颐，仿佛人生最快乐的事情便是如此，甚至不惜一切代价逃课也要出来享受。直至如今，在去过了许多高级餐厅，品尝了各个国家的精美菜肴之后，仍然觉得在异乡的小巷子里，寻到了昔日的福建小馄饨的那种惊喜，是最让人感到亲切和快乐的。

小镇的主要农作物除了稻子之外便是甘蔗。

乡村里总是有大片大片的甘蔗林，到了甘蔗成熟的季节，街上便有很多聚集在一起啃甘蔗的人，围在一块，一边聊八卦一边把甘蔗的渣子吐到地上。动作娴熟而自然，说到激动的时候，甘蔗渣子和唾沫一同飞出，这兴奋的场景堪比城市酒吧里各种酒味掺杂的胡言乱语，只是人情世故里更多了一份真实的存在。

因为甘蔗收成好，镇子里的制糖业也曾发展过一阵子，只是后来在一些利欲熏心之人的经营下不了了之。

念小学的时候，便常常去乡村里摘荔枝，摘龙眼，撅甘蔗。

骑着自行车沿着泥土小道前往村子，常常是满载而归。如今，常常听人说吃荔枝一天不能超过十颗，但那时候在荔枝树下，我们每人拿着箩筐，一边吃一边说笑，至少能吃下两斤，安然无恙。

在南方湿热的天气里，个个都是能顶风作浪的无敌吃货，而在满眼名酒佳肴的大场面里，家乡人也总是表现出一种见过世面的坦然，嘴边一直挂着

人生如梦，亦悲亦喜，走得太远太孤独。

诸如我们家三黄鸡做的汤比这好几倍的盲目又可爱的自信。

说到龙眼成熟，回忆里还有一幕就是家里制作桂圆干的场面。

为了帮补家用，到了这个时候家里便成了一个小小的工厂。一担担成熟的龙眼，放在自制的土炕上烘干，然后家里人从早上到晚上便坐在屋檐下剥龙眼肉，剥好了晒干，再拿去收购站卖掉。

我一直觉得自己是一个热底子的人，会因为吃了一点点热气的东西便上火，如今归结原因，跟那时候偷吃了太多桂圆干有关系。时至今日，仍然不敢用桂圆来滋补身体，一吃便喉咙干裂，十分后悔小时候的不懂事，但也很怀念那时候一边不顾手破皮剥果干，一边肆意地偷吃果干的畅快。

大概人的一生的习性，都跟自己小时候的生活环境脱不了干系，就好像

其实，我们需要一个转身，看看自己来时走过的路。

我们最爱吃的菜永远是妈妈做的葱爆排骨一样。

故乡早已经远去，被拆掉的房屋，被淹没的河道，被废弃的火车站，离开的人，留下的人，来来去去的人，这早成为一个已经回不去的地方。

今日，当我坐在上海某栋高楼窗前，俯瞰着这个城市因为雾霾而模糊的灯火，电脑里播放着缠绵的 Be Bere 时，想到遥远的家乡，一种巨大的讽刺感直击心头。带着梦想从年少一直走到现在，走过千山万水，千回百转之中回顾走过的路，却依然觉得最美好的那一程，是那带着稚嫩的微笑走过的无忧无虑的一程。

我的奶奶和太婆，太婆一百岁了，去年因为摔了一跤，至今躺在床上无法动弹，生命太脆弱，珍惜身边的人。奶奶 75 岁，身体很好，每天种菜摘菜，在家乡一人独居。那些逝去的岁月，伴着亲人不断离去而日渐伤感，我们唯一能做的，就是走远了，但仍然要记得回家的路。

人生如梦，亦悲亦喜，走得太远太孤独。

其实，我们需要一个转身，看看自己来时走过的路。

卸了妆之后，生活才真正开始

xie le zhuang zhi hou , sheng huo cai zhen zheng kai shi

有一次出差，跟一个网络美女同行。

美女长得很漂亮，会穿衣服也很会摆拍照姿势，所以我一点都不吝啬自己的快门，全程帮她拍摄各种照片，并且对于她的各种要求各种重来，我都有足够的耐心和毅力。

一句话，为了美。

国外出差的好处总是太多，比如可以借国际长途电话贵的理由婉拒领导提出的各种无理要求，又比如，外国的接待一般都是一个人一个房间，能保证我充分的睡眠。我个人认为睡觉是最不能将就的事情，只有单独相处，才能保证最大的自由空间。

第二天醒来，美女竟然也如期地梳妆打扮好在餐厅吃早餐了。这点让我非常敬佩，我很佩服一个化浓妆的女人可以坚守时间概念，就如同赞叹美女也会吟诗一样是难能可贵的。对于她们来说，因为要化妆要各种搭配，起码得比我这种洗个脸拍点爽肤水就出门的人，提早一个小时起床。然而，对于我一直崇尚自然的生活，爱上旅行，就更珍惜大自然的馈赠。

我们大多数人来说，一个小时足以拯救一天的精神。

我看着她头上绑着的精致的蝴蝶结，对她表示深深的赞叹，努力的人都是值得学习的。

这趟出差之旅，我跟美女相处了将近半个月。

我们如闺蜜一样吃饭聊天，出行也如影随形。只是许久，我都没看过她卸妆的样子，因为没有住在一间房，没有机会看到，晚上有酒会，她的妆就坚持到深夜，甚至有一次要去泡温泉，她也是带着妆去的，我凑在她耳边问她，这样会不会挺难受，她说她喜欢自己在别人面前永远美丽的样子。

我无奈，只好嘀咕自己对自己的要求太低。

直到有一天，她因为借一个转换插头来敲我的门，我看见她蓬松的头发下衬着的一张可爱的白皙的小脸。那张小脸着实惊艳到我了，虽然没有擦任何东西的皮肤没有化妆后的光滑，但也挺水嫩的　眼睛虽然变小了，但那短对于我来说，与其化浓浓的妆，不如带淡淡的笑。自得其乐，挺好的。

短的睫毛是会跳动的，我赶紧赞一句："你不化妆的时候很可爱啊。"她尴尬地笑笑，拿了插头立刻回自己房间了。

第二天出来的时候，她又是明艳动人地等在了那里，好几斤重的假睫毛又镶嵌在眼睛上了。

看过她的素颜之后继续与浓妆的她相处，心里明显地觉得相处中带了更多的客套了。因为见过真实的她，就会有比较，我心里更愿意跟那个睡眼朦胧的可爱的她相处，那个把脸上各种色彩卸下的眉目清晰的女子才是我真正的朋友，似乎卸了妆之后说话的语气都显得更温婉动人。如今她又把自己包裹起来，站在我面前成为一个陌生的人，我也只好跟她说着应场合的话，看着她刻意扬起的脸，鲜艳的唇，心中对她的亲近也减了几分。

按照常理，只有不漂亮的人才会需要各种装饰，而漂亮的人大多自恃天生丽质的。

但是，我见过的大多数漂亮的女人都爱化浓妆，长得一般的反而就不再追求各种完美，一种烂泥扶不上墙的无所谓了。美女们自然刚开始是为了锦上添花，美上加美，到后来却变成了各种攀比。

漂亮的女人也不好过，实在还不如我们这种平常人过得舒坦自在。

我一直崇尚自然的生活，爱上旅行，就更珍惜大自然的馈赠。我不喜欢去一些被装饰一新的景点，而更喜欢亲近一些原生态的自然村落，道理是一样的，自然界里，花草树木从来不戴着面具，接受风吹日晒，接受枯萎凋谢，这是自然的轮回。人也一样，年轻的时候有青春的脸庞，充盈的胶原蛋白胜过一切雕琢的美，年纪渐渐大了之后，岁月写在了脸上，想要掩饰这一切，做任何事情都是徒劳。当夜晚回到家里卸了妆脱下华丽的衣服，面对赤裸的自己，那种白日里的虚荣会瞬间崩溃，看到的是自己一副疲惫又衰老的面孔，这样的自欺欺人，何必呢?

平时喜欢一个人出门，坐地铁或看电影的时候常常留意身边的女孩子，如果身上带着相机，就会忍不住把那些我喜欢的模样拍下来。

后来发现，拍下的这些人像，基本都是素面朝天的，脸上不会因为上了粉而显得僵硬，笑起来眼睛特别明亮，没有假睫毛挡住生动的眼神，不上任何唇色的嘴唇看起来就像婴儿一样粉嫩，自然下垂的头发，调皮的噘嘴的侧面，即便距离很近也看不到那些画在脸上的各种色彩，因为没有粉刷而细腻到看不到毛孔的皮肤，虽然有些小雀斑和痘痘，完全不影响整体的美观……

我是一个容易感动的人，遇见真实就能感动，这些真实的面孔，比我看到的那些在聚光灯下看起来完美无瑕的面孔，更打动我的内心。

当然，很多人无奈地表示，一切都是因为工作需要。

不可否认，很多时候我们为自己戴上面具，都不是自己所想，谁不想自由自在地生活不受一切限制。浮躁的社会把大家的审美观彻底改变，虚荣也就一点点腐蚀人的心灵。我们喜欢那些揭下面具的面孔，就如同夜深人静游人散去的热门景区，洗去了铅华，突然就散发出一点孤寂的原始味道来，纵然它第二天早上仍然要披上各种华而不实的衣裳，在众人纷扰的闹腾中又度过一日。

站在化了妆的面孔中多少有点不自在，有时候差别就在于，你素颜，而别人化了妆。所以每次站在化妆品面前，都会犹豫一下，要不要买，要不要坚持自己一直以来崇尚的真实的价值观。

我有个闺蜜是一个直来直往的人，不善于掩饰自己。

在我看来，她就是那种站在一群化了妆的人中素颜暗淡被抛弃的一个，在上司面前从不奉承拍马屁，在男朋友面前也如实交代情史，在朋友中更是直言不讳，像她这样的女孩子大概是要被社会丢弃的吧。然而事实并非如此，她因为踏实工作而得到升职的机会，她结婚后过着平常真实的小日子，朋友们包括我在内都喜欢跟她在一起，只有她会毫不留情又充满善意地劝你，你最近胖了好多咱们换一家清淡的餐厅吧。

女人们都会狡辩，作为女人，化个妆显得自己更精致更精神，让别人看了也舒服，是对自己对他人一种负责的表现。

当然，化妆并没有错，会化妆也是一种技能。这个世界上，为美丽而付出的代价都是别人看不到的，就如前面跟我一起出差的朋友，为了让人看到她最好的一面，坚持泡温泉也不把妆卸下来，坚持负重拖个大箱子装各种鞋子衣服，每天比别人提前一个小时起床，饭后别人享受甜点的时间里她必须躲到化妆间里补妆，等等。

所以，素颜也好化妆也好，任何选择都有得有失。一日忙碌过后，踢掉高跟鞋，洗掉脸上各种色彩，散下头发，松下紧绷的脸，穿上宽松的家居服，卸妆后的真正的生活，似乎才刚刚开始。

而对于我来说，与其化浓浓的妆，不如带淡淡的笑。

自得其乐，挺好的。

我想把自己
交给不能确定的未来

wo xiang ba zi ji jiao gei bu neng que ding de wei lai

夏末的深夜里，我拖着沉重的行李箱，在机场排了将近一个小时才等到出租车。然而，当我拖着疲惫的身体回到家，看到的是因为担心有台风侵袭而紧闭落地窗把整个房子闷得像桑拿室一样的家。

没有人来接我，父母暑期也回家休息了。

打开窗户让房间透气，当我瘫坐在沙发上，才发现这一天除了早餐，竟然什么都没吃。坐了一天的飞机，等待，转机，时间和精力都已经消耗完，我打开冰箱，看着半个月前剩下的几瓶益力多酸奶，突然有股辛酸，我为什么要这么折腾自己？

一年多前我还在高校里上班，每天处理办公室杂事，听同事们说学校里各种八卦新奇的事情，偶尔也会在下班的时候相约某家新开的食肆放肆交杯，生活过得知足安逸。

突然有一天，我去了一趟丽江，这个去了将近八次实在没有任何理由再去的地方，却让我回来后心神不定，几番挣扎之后递交了辞职书。当然丽江

为什么继续旅行？是儿时的一个心愿所致，是一直安逸的生活所不能抵达的另一个彼岸。

并不是我辞职的动力，在丽江遇见的朋友才是。

我住在一家新开的客栈里，一家靠近市场的简单的并无太多特色的客栈。每天，我都会到福尔摩斯茶局蹭一杯下午茶，去市场的面店里吃一碗云南饵丝一块荞麦面，傍晚的时候再爬到狮子山上听吉他伴奏的《大约在冬季》。

住在客栈另一头的是一位来自美国的朋友，我们在茶局相遇，他在写文章，我在喝茶，一杯老板娘特调的“吐陈纳新”花茶，让我们成了无所不谈的忘年之交。从一个广告公司跑业务，到跟随私人老板打工，到美国艰苦创业，创业之后环游世界，然后回到中国完成自己文艺梦想，做杂志拍纪录片……他的经历让我这个只在事业单位端茶打字的人，颇为惊叹，他的成功是坚持的成果，从打拼到成功的过程，辛酸的经历无从提起，即便是面对无法确定的未来，如今也都尘埃落定。现在，他唯一的心愿就是去西班牙学古典吉他。

为什么继续旅行?

是儿时的一个心愿所致，是一直安逸的生活所不能抵达的另一个彼岸。

我，想不透彻。

其实旅行一点儿都不轻松，就像我半夜里回到家，身心疲累之后突然找不到任何寄托，这种瞬间的寂寞感常常有。

那天晚上，我在半夜 12 点下楼找夜宵，发现在我不怎么注意的家的周围，竟然开了那么多彻夜不休的小馆子。烤串烧生蚝，热腾腾的牛肉粉或者猪腰肠粉，真是什么都有呀，甚至还能找到卖红豆冰的甜品店。

我抬头望了一眼高楼处自家的灯火，再与这灯火通明一对比，心中竟开始豁然开朗。

人就是这么复杂的高级动物，所以内心总爱在矛盾中徘徊，生活不如意的事情何止是深夜独自一人回家，试想每一种生活都不可能是完美的。

旅行生活也是。

疲劳，等待，在陌生的地方遇到困难却无助，时间和精力，包括旅游经费的支持等，出门在外就不是一件轻松的事。旅行并不是度假，真正在路上的人，都是在生活。没有方向感经常迷路，腰疼旧疾总是让爱暴走的我望路兴叹，陌生的床也不是那么容易入睡，肠胃炎发作的时候面对垂涎的美食也只有忍，更别提在路上遇个抢劫丢证件什么的，这一切，都足以让远行的梦想原形毕露——更多的只是生活的琐碎，甚至跌入无助。

旅行，大概就是想要寻一个梦境之地，这个地方曾经在梦里出现过，这个地方不完美甚至充满瑕疵，而我就想跟这片陌生的土地发生关系。

其实，不过就是想去探知自己心中那块未知的领地而已。

我对这些带着不确定因素的生活感到无比好奇，就好像当初来到这个世界，对世界充满疑惑一样。

不管是去到了遥远的非洲，还是花一天时间走了一趟离家很近的开平，我带着自己看似闲逛但充满了自身成长环境印记的身影，走过每一个角落。

旅行的初衷或许有点难以启齿，真的说不上来，我为什么来了？

撒哈拉沙漠，因为中学时代的三毛？开平，因为《一代宗师》？丽江一遍又一遍，因为《消失的地平线》？当然，有人会为了一段不需要负责的爱情而上路，艳遇，给旅行抹上了一丝神秘的色彩。

好些时候，我会在一个旅行地找个地方坐下来，细心地观察着来来往往的游客们，观察他们的神情、他们的穿着，也观察那些出双入对的情侣们，看他们的影子里是不是包含着一些暧昧陌生的磁场。也是，旅途中的爱确实足够吸引人，因为还未被日常生活所干扰，当中更多的是纯粹，只是每个人的感受都不一样。

也许，你会跟我一样，在爱情中属于洁癖型，没有更多的了解和相处，绝不会轻易交付一颗心。

以前在单位工作的时候，非常喜欢制定旅行计划，比如这个暑假要去越南，提前一个月就着手准备各种路线，约好同伴，甚至对越南各大城市的酒店都了如指掌。去的时候就按照自己设定好的行程，万无一失。顶多是因为嘴馋多下了几次好馆子，抑或在无聊的夜里把小费给了酒吧里孤独演奏的管弦乐手。辞职之后生活开始变得懒散起来，连旅行的计划也不做了。有时候会因为朋友发的一组好看的图片动心，第二天就打包好行李出发，明明是决定最好的季节去看梯田的，结果一拖再拖耽搁下来，等到想起来的时候已经错过了最美的画面，可是，金灿灿的稻田不也是很美吗？

于是，这个时候的旅行，我更相信遇见。

我在朋友面前发誓我绝对不会为了赶一场日出而早起，但是在去到珠穆朗玛峰脚下的时候我也愿意放弃睡眠守候世界屋脊的晨光。

我相信，不管是生命中何时出现的美景，它都是命中注定为你准备好的，正如你生命中遇到的每一个人，都是对的人，一样。

那个深夜回家，就像以往每一个旅途归来的深夜一样，我把行李安置好，把家里的门窗打开通风，然后穿上拖鞋到楼下，到了一家通宵营业的米粉店，我叫了一碗猪脚河粉，坐在门口的长凳上吃着，为自己在这样的广州的夜里仍然能享受美味而感到满足。

我常常会以为这样的回家会显得很落寞，然后对下一趟旅途充满厌倦，就好像当年我第一次拥有自己的护照，第一次走出国门看到了不一样的世界，我当时以为我的生活也就仅限这一次旅行了，我没有想过我会爱上这迂回的路程，以及那些长长短短的孤独的夜。

我对这些带着不确定因素的生活感到无比好奇，就好像当初来到这个世界，对世界充满疑惑一样。

对旅行上瘾，有时候就跟恋爱一样，是以一种奋不顾身的姿态，奔赴一场未知的晚宴。

归根到底，一切皆因你我都是，性情中人。

会自己
与自己相处

hui zi ji yu zi ji xiang chu

旅行孤独吗?

那当然毋庸置疑。

这一辈子，哪有那么多美好的蜜月旅行毕业旅行结伴旅行? 能在一次旅途中遇到志同道合的同伴，应该算是前世修来的福气，不然怎么说世间所有的相遇都是久别重逢，因为难得，所以才珍贵。

旅行当然孤独，对于经常出门的人来说，像我，内向的性格不善于跟人打交道，也没有很多有趣的人生经历跟人分享，更不擅长在沉闷的气氛中充当鸡蛋型交际花，基本上是别人说我听的状态，饭桌上举杯碰饮时一般坐立不安，更别提口若悬河劝酒无数，如此孤僻的性格在旅途中交到朋友的概率基本为零。哪怕问路都要在心里预演几次，遇到好玩的有趣的事儿，也就默默观望，举起相机想要摘录也捂着自尊心，生怕任何拒绝和伤害……我想很多能在路上遇见并交好的朋友，大概是看上我还能给他们拍点有意思的旅途照片，这让我突然在莫名的悲哀情绪中找到了一些存在的价值，心中十分感慨。

世间所有的相遇都是久别重逢，因为难得，所以才珍贵。

从小在家人的呵护中长大，念书工作恋爱，都有不同的人在身边呵护。没有坎坷精彩的人生拿来炫耀，也许正因为成长过程平坦顺利，所以才造就了一个人叛逆不安的性格，不断地离开熟悉的地方去寻找陌生的人和事，离开身边安定生活的日子，寻找不安分的人生。旅行给了我这样的机会，去感受跟自己原本完全不一样的全新的生活。

有时候命运就在于你一次不经意的选择，而我终于走上了一条孤独的路，离开家，离开被呵护的臂膀。

也曾经迷惘过。

一个人上路的寂寞可以想象，当初收拾行李出发的豪言壮志和热情，早就被清冷的夜里一盏冰冷的灯火浇灭，遇到困难无人分担，在他乡遇劫无人相助。有些朋友常常坚信旅行带来的种种升华和感悟，事实上，如果你心中有太多牵挂，一场再美的旅行都无法拯救你的内心。失恋了去旅行，你会在旅途中更加清晰地感到失去一个人的落寞，伤心的回忆随时侵袭你的内心；

唯有没有牵挂的旅行，才有最可贵的旅途体验。放下了不在乎了，生活自然就美好起来。

把心安放好，做回最自由的你，那些路上的风景才会进入你的思想，并且在你脑海里过滤之后，变成你丰富的人生。

工作不顺利去旅行，也许你得到的回馈是你根本就无法享受轻松愉悦的生活，你的旅途充满了各种矛盾和不安。唯有轻松自在不带目的的旅途，才能让你体会到在路上的肆意。

是的，最重要的还是这一点，唯有没有牵挂的旅行，才有最可贵的旅途体验。

放下了不在乎了，生活自然就美好起来，这个时候，不管你是去欧洲享受午后阳光，还是在自家门口阳台上搭个帐篷，你都是快乐的。当你时刻记挂着另外一个人在做什么，为什么还没有联系你，他有没有趁你不在的时候去跟别人约会，诸如此类。又或者客户追的方案迟迟未出，领导交代的事情只处理了一半……不放下这些，你就算到了北极圈也只是把原本的烦恼搬过去而已，还不如守在办公室和家里更安心。

从柬埔寨回来我一个人留在香港，住在世界最高的酒店里体验拍摄和工作，正好这一日是举国欢庆的反法西斯周年纪念，我有点苦恼我无法在现场看到举世瞩目的画面，只能大半天时间花在飞机上，到了晚上坐在最高楼的酒店房间里，一个人看外面维多利亚港的美丽夜景，我问自己，这样美好的夜晚一个人度过，是不是有点可惜？

一个人吃饭一个人生活一个人旅行，或许真的没大多数人想象的那么落魄吧？我记得我写过一篇关于一个人吃饭的文章，得到了很多人的认同，自由点餐选择吃完买单，一切都随心所欲，选择更加简单的生活，何乐而不为？

为了庆祝特别的日子，我在酒廊点了一支香槟。

香港的夜色是我迄今为止见过的最美的夜色，不能辜负这与自己独处的时光，就与这夜色干杯，只有在这个时候你才会发现自己很多在欢闹场合里无法体会的感悟，你丰富的内心会跟随着你手中的美酒不断地展现出来，直到你恨不得赶紧拿出纸笔记录这灵光的闪现，这种状态，哪怕对面多坐一个人，都是无法抵达的。

《春光乍泄》里，梁朝伟站在瀑布之前感叹，他觉得原本站在瀑布前看风景的，应该是两个人。我也有过相同的惆怅，一个人站在世界屋脊跟前，而另一个人早已经不知去向。如今我面对美好的风景，也同样会感叹，在这花样年华岁月里，我庆幸在世界的某一个角落里，有你的存在，与我共鸣，如此便好，何须站在一起?

我不善于交谈，就尝试在路上跟每一个人微笑；我没有太多技艺展现给众人，那就拿起相机帮更多的人记录旅途中的美好；我没有日思夜想的恋人，那就时时刻刻关心自己内心的触动。在经历了更多世事之后，人就会越来越懂得跟自己相处，沉淀过后的分享，也许就是说给自己听的秘密。也许有一天，你也会突然感悟，一个人生活，也没有那么糟糕，一个人的旅行其实并不孤独，有牵挂的旅行是最折腾人的。

想要享受一次能让“灵魂升华”的旅行，首先，你必须放下曾经的失落在乎和小心翼翼，把心安放好，做回最自由的你，那些路上的风景才会进入你的思想，并且在你脑海里过滤之后，变成你丰富的人生。

高跟鞋：
你可以不穿但你必须会穿

gao gen xie : ni ke yi bu chuan dan ni bi xu hui chuan

在“文艺圈”混久了，认识了很多不羁的女性朋友，她们以特立独行标榜自己，喜欢与众不同，不喜欢被性别禁锢，总是希望做男人能做到的事情。

我欣赏她们独立的个性，就如当年我也是那种听见别人说“一个香奈儿包包就可以出国旅行一次”的话便觉得自己有多么与众不同的人。

她们有些喜欢旅行，满世界地跑，为了能得到男人的肯定，她们不顾一切地做着奔波劳累的事情，完全没有目的，甚至背离家人一意孤行。

不喜欢穿高跟鞋，是她们给自己树立的一个最明显的标签，“我从来不穿高跟鞋”在她们口中说出来总是那么自豪与自信，太女人的东西，让她们觉得庸俗，她们喜欢被欣赏，跟别的女人不一样是她们最想得到的称赞。

这样的女人，大多是文艺青年，小时候看过太多张小娴和琼瑶的书，把三毛视为偶像，环游世界是她们的梦想，自由是她们的向往。又或者，曾经受过伤，一直没有从伤心里走出来，始终觉得只有自己才能保护自己。

是的，穿高跟鞋的女人，连走路都不能走稳，怎么能保护自己呢?

只是做什么事都要有度，太过独立，没有人会疼你，撒娇过分，会让人嫌弃。

但是，女人你错了。我也曾经这么认为，把“有女人味”的称赞视为一种耻辱（也许很多女孩儿经常这样认为）。

只是，世界是现实的，你活在自己构建的假象里，欣赏你的也就只有你自己。

你可以经常穿球鞋、户外鞋、平底鞋，你可以穿着人字拖也可以赤脚，但是你一定不要忘记高跟鞋是怎么穿的。

社会太残酷，女人常常也被压得喘不过气来，高跟鞋太脂粉气，穿上了只能当花瓶，穿不稳还会摔跤。只是，花瓶也有社会价值，你站不稳才会有人过来让你扶靠，这个世界本来就是两性世界，作为女人却不好好当女人，算不算是一种失败呢？

当然，要另辟蹊径，也可以，只是，做女人和要成功，并不冲突。

女人也有女人的成功法则，不是非要复制男人的人生才叫成功。

所以，高跟鞋，你可以不穿，但你必须会穿。

成功，不是做别人做不到的事情，而是做好自己的事。

我不太喜欢穿高跟鞋，但是我喜欢高跟鞋，喜欢看到我身边的女孩儿穿上高跟鞋花枝招展的样子，我不加入她们，但我不会讨厌她们，我欣赏她们谈论名牌、名车和美容，但也同样坚持自己的简单和随性。

高跟鞋，身材越纤细的人穿得越好看，如果腿粗的人，穿上高跟鞋就如同踩了高跷，这是我长期观察得出的结论。而且，有些人到了一定的年纪，总是走八字脚，要知道，八字脚是女人老去的一个重要标志，所以，即便你不穿高跟鞋，你也要以穿高跟鞋的标准来要求自己，走路姿势会直接影响一个人的气质，任何时候都要挺胸收腹，在适当的时候，保持优雅。

不穿高跟鞋的理由，是因为高跟鞋对脚部确实有一定程度的伤害，先不说长期穿高跟鞋走路对骨头的伤害，让脚固定在这么细窄的空间里，然后把脚踝暴露在外面，对脚部皮肤就是一个不小的损伤。据我观察，喜欢穿高跟鞋的女人脚部的茧子比不穿高跟鞋的女人多得多，脚部皮肤也更粗糙。

然而，我们不能因为这些而放弃高跟鞋，我常常回到家里，都会穿上高跟鞋走走路练习练习，万一有一天在需要穿高跟鞋的场合出洋相，那才是一个女人最失败的时候。

当然平时为了保护双脚，大多数时候都会穿上球鞋或靴子，甚至夏天的时候也喜欢穿上袜子，袜子能吸收汗水，反而更舒服，脚部皮肤也会保护得更好。

有人说，高跟鞋是上帝创造出来，专门用来拴住女人的，但是，高跟鞋对于女人来说，又是一种魔鬼般的吸引。如果某一天你听到别人赞美你穿高跟鞋好看，那你一定会对它恋恋不舍。

能把平跟鞋也穿得美美的女人，才是真的美 没错，但是连高跟鞋都不会穿的女人，是不是白做一次女人了呢?

所以，你可以不经常穿高跟鞋，但你必须会穿。

就好像，你常常喜欢用懒散自然的心态对待生活，但是也别忘了，快乐的生活在于你做回你自己，你想要帅的同时，也要会撒娇，别辜负上帝赠予你的性别优势。只是做什么事都要有度，太过独立，没有人会疼你，撒娇过分，会让人嫌弃。

成功，不是做别人做不到的事情，而是做好自己的事。

当你
爱上一个人吃饭

dang ni ai shang yi ge ren chi fan

一个人吃饭的时候，你只需要照顾好自己的情绪和自己的胃，那是一段很美妙的时光。

每个人的口味各不相同，一个人吃饭的畅快淋漓，唯有试过才知道。

每当一个人吃饭的时候，都会想起年少时。七月天里，夏季的雨夜，从一家客家餐馆走出来，拎着一盒打包的酸菜肥肠和一瓶未喝完的啤酒，准备走路回家，细雨纷飞的夜里走了两个多小时的路。

说好的见面，对方却一直未出现，点好的菜凉了又再加热，啤酒从手中倒入冰冷的玻璃杯，眼泪就掉在了饭碗上。最终，他还是没来，临走的时候老板说你把肥肠打包吧，回家还能再吃一顿。时隔多年，想起雨夜的那顿一个人的晚餐，早已经没有了悲戚，啤酒喝完，那份纠缠在心里的爱意也就随风而去了。

大概，这是记忆里最孤独的一顿饭吧。

有人害怕孤独，他们说，孤独就是当自己三天只吃了两顿饭，却没有人很多人无法理解一个人去旅行，一个人坐车，一个人生活。

知道。我却觉得，当你有机会享受一个人独食的时候，应该好好珍惜这份独食的时光，因为独食的机会，其实并不多。

就好像很多人无法理解一个人去旅行，一个人坐车，一个人生活。大多数人喜欢热闹，喜欢在人群中寻找存在感。中国人是最爱群居的，所以中餐馆大多是圆桌子，大家围坐在一起，说说笑笑，吃饭是其次，聊天建立感情更重要。很少会看到像日本料理店或小酒馆这样适合一个人去的地方，就算有，一定是质量不太高的快餐店，匆匆忙忙，完全为解决饱食而设的单人卡座，吃完也不想再多待一会，最好就是外卖打包带走。

其实一个人坐着，沉默不语，好好想想一天的工作和生活，梳理一下情绪，等待一份美食的前来，然后不需要祈祷，不需要抬头微笑，这是何等的惬意。

念书的时候很喜欢跟朋友聚餐，几个人大排档也好小餐馆也罢，总是能点菜点到满意为止，也不担心吃饭的时候会冷场，总有一个特别爱说话的人，也总有一个如我这般沉默帮人倒酒的人，然而杯子瓶子碰撞出来的都是青春

很多人热闹，两个人温馨，一个人思考，都有着不可代替的美好。

单独吃饭，并非孤独吃饭。

快乐的火花，那些过后的狼藉也如黑夜的星火一样在记忆里闪烁。后来经常两个人吃饭，吃饭这回事便开始变得无足轻重起来，记忆中似乎没有特别印象深刻的餐厅和美食，更多的记忆是吃饭的时候谈了什么。

很多人热闹，两个人温馨，一个人思考，都有着不可替代的美好。不过，一个人吃饭的时候，那种对吃的知觉才突然回归到“吃饭”的本质中来。我以前很喜欢一个人旅行，觉得不用商量的旅程更加自由和随意，当然也免不了一个人吃饭一个人睡觉一个人走路。唯独旅途中一个人吃饭是最让人津津乐道的，有时候觉得太腻不想吃饭，一个汤再加一个青菜就算是一餐，哪怕只点一盘烧味三拼坐在角落里慢慢品尝也未尝不可，旅途中在路边的餐馆，就更是自由自在了，炒个面烫个粉足矣，在香港则可以顺便跟阿叔阿伯搭台，听他们讲八卦故事，对面的顾客换了一个又一个，而自己手中的热奶茶也添了好几杯。

印象深刻的一个人吃饭的场景在下雪的纽约，因为天气实在太冷不想出门，一天就只吃一顿饭，这一顿必定要吃最好的，所以一般会是牛排大餐。于是，每天醒来盼望着排队等牛扒的时间过得很有滋味。牛扒馆就在旅馆对面，每天烤的土豆味道都不一样，我一反常态，会把盘子里的东西吃得干干净净，因为一天就吃这一顿，余下便是躲在旅馆里码字看书看美食节目的时间，当然也不排除在饥肠辘辘的半夜里去吃一份比萨的可能。

夏天在巴塞罗那街头寻找 tapas 的感觉也是记忆犹新的，tapas 似乎就是准备给一个人吃的美食，不断推陈出新，分量一点都不过分，谁也不会鄙视你一个人坐在吧台喝着一杯小酒大口大口地吃 tapas。而街边的火腿店，更是专门为单身的人准备的，黄油纸包起来再捎带几块淡面包，半夜里起来啃两口再塞回到冰箱里去，第二天加一杯咖啡又是一顿美味的早餐。这样的日子，让人分外想念。

我想年少时的那一次失意并不惋惜，至少是让我从此爱上了一个人吃饭的光景。

后来，我们再见面已经是多年以后，坐在一起面对面吃饭已经有点尴尬，两人相约到寿司店的吧台并排坐下，自己拿自己爱吃的东西，末了酒杯一碰大家才释然一笑，其实我们都各有所好口味不一致，何必勉强坐在一张台上吃同样的东西。吃饭的事情应该最讲究平等才是，当桌子上全是某一个人爱吃的那几样，吃饭的意义早已经丧失，这样不平等的没有交流的生活，终究是要消逝的。

倘若一个人的味觉都不能自由满足，那爱意从何而来。

为省时间，晚饭在楼下买了一份隆江猪脚饭，看着搁在电脑前油腻诱人的饭菜，突然就想起了以前大学宿舍的场景：吹着风扇盘着腿，捧着饭盒穿着背心流着汗打着游戏，这样的时光真的太美妙。

也许有一天，你也会一个人买一包爆米花，独自坐在电影院里乐呵呵地看一场口碑不好的电影。

其实一个人吃饭的乐趣，亦是如此。

大可理解为，单独吃饭，并非孤独吃饭。

成长就是，不再想与众不同

cheng zhang jiu shi , bu zai xiang yu zhong bu tong

好久不见文君了。

读大学的时候，她是一个优秀的姑娘，是学生会里的干事，是入党积极分子，是校庆大会上的主持，也是被保研的第一批学生……

在我们眼里，她总是那么与众不同。

当我们窝在被窝里不想去上第一节课的时候，她已经在教室里读了一个小时的疯狂英语；当我们周末商量着要去北京路逛街唱卡拉 OK 的时候，她留在学校做文学社的周刊；当我们成双成对去看电影的时候，她形影单只一个人去图书馆看书……

文君总是跟我们不一样，她是我们班男生膜拜的女神，也是我们女生学习的榜样，不太容易接近，但总是闪闪发光。

毕业后我们都没怎么联系，每年一次的同学聚会也总是看不到她的身影，但是我们都习以为常了，就像大学一样，她是天上闪烁却孤独的一颗星星。“她现在事业如日中天了吧？” “她是不是到凤凰卫视去了？” “据说她开了一

追求与众不同，大概是那个时候青春期叛逆的一种表现。现在想想很傻，但确实很怀念。

家影视公司。”“哪里，她现在是网红，传说中的旅行家啊，在非洲喂大象呢。”各种说辞。

可是，我明明看见文君带着半岁的孩子去社区卫生站打预防针呢，只是在大家亢奋的猜测的气氛中，我没有再说话。

记得小时候我不太爱说话，生性腼腆内向，特别不敢在公众场合让别人注意到自己。在镇子上我是出名的乖孩子，爸爸管教严厉，就算放假小伙伴们也不敢到我家楼下喊我玩，其实我心里不知道多向往像别的孩子那样到乡下去捉泥鳅钓青蛙。一直到上高中，我的性格依然没有变，是同学当中少有的沉默的人，大家觉得我很特别，我也很享受自己这种不爱与人为群的孤立。不爱说话的人内心总是特别丰富，然而，回想过去，我总是找不到一个快乐的理由，我想要的放肆而疯狂的童年和青春，都很模糊。

追求与众不同，大概是那个时候青春期叛逆的一种表现。现在想想很傻，但确实很怀念。

我在朋友圈里关注了一些人，有同学同事，有好友闺蜜，也有因为工作而结识的圈子里的各行业的大咖。刚刚开始的时候我也爱刷朋友圈，看看大家在做什么，晒孩子晒自拍晒旅行晒美照，什么都有，每个人都想成为朋友圈里的让人刮目相看的不可取代的明星，绞尽脑汁让自己鹤立鸡群博得更多眼球。我也曾经做过这样的事情，直到有一天突然觉得茫然，究竟这么做是为了什么？有经济利益吗？有社会效益吗？无非是想得到一种与众不同的存在感而已，然而这种存在感毫无意义。

渐渐发现，不管是朋友中还是其他社交圈子里，过得好的，往往是那些不出声的人。

过得不好，才要得到更多的关注和热度，就好像真正过得幸福的人，早就沉浸在柴米油盐酱醋茶的小日子中，无暇再顾及晒幸福这些不重要的事情。他们不需要通过别人的点赞来体现自己的存在价值，那些绞尽脑汁去吆喝来的点赞，不过是一种表演罢了。所以，当文君抱着孩子去打预防针，我一点儿也不觉得意外，反而觉得这个时候的她比在舞台上的她，看起来更坦然更自在。

我跟以前单位的同事聚会，大家问起我辞职后的感想，都想知道我辞职后是不是去环游世界完成了梦想。我的答案让她们很失落，甚至会带回家中跟老公老婆唏嘘不已。我说，辞职去旅行真的还不如辞职当太太，还好，我并没有辞职去旅行，至少在此时此刻，我手中所做的事情，已经跟旅行并无太大的关系。

“那你为何要辞去那么稳定的工作，下那么大的决心走出这一步？”

无非是想得到一种与众不同的存在感而已，然而这种存在感毫无意义。

都把旅行看得太神圣了，好像只有旅行才值得人生做一个巨大的转变一样，好像旅行才值得辞职一样。

如果，辞职只是为了更好地照顾家庭，这样朴实的理由为什么不值得大家追捧呢？

当然，我也并未辞职去当太太，对我来说，首当其冲只是填饱肚子，然后才是能够自由地生活。没有任何牵绊，想去旅行可以立即收拾行囊，累了可以有一个安身之处待着，仅此而已，没什么宏伟的理想，也没有特别的追求，只求平安。我羡慕那些辞职当太太的女人更甚于辞职去环游世界的人。以前我会觉得在非洲喂大象比在家里喂小狗过得更高尚，但现在觉得在家里吃蛋炒饭不见得比在米其林餐厅假装会喝洋酒更窝囊。

我越来越喜欢真性情的生活。

我不太认同我认识的那些旅行家们的精彩生活，我也并不觉得那些兴奋地在“双十一”里抢尿布的大学同学过得比旅行家们差。

有时候，出门旅行会很有幸跟旅行家们同行。我会惊讶地发现，他们喜欢在朋友圈里展示五星级酒店各种美味世界大餐以及自己美丽的倩影，当然我并不拒绝这些高大上的场面，常常也会点赞表示羡慕妒忌，多想自己有一天也像她们那样。只是，旅行中我发现其实我们坐路边吃烤串大口喝啤酒的时候才是最开心的，但是他们却从来不公布这些真实的快乐，他们觉得过得跟普通人一样，是对他们身份的一种侮辱。

过得跟普通人一样，怎么就不是幸福的标准了呢？

越是多人沉醉其中的简单的幸福，才是真正的幸福。

要怎样特立独行，才能显示出自己的价值？前两周去顺德出差，说到顺德人的低调务实我很喜欢，我原本不太了解这个隔壁城市。这一趟差之后，着实让我对顺德人的性情大为赞叹。据说，要在顺德辨认出富豪来是很困难的，挎着菜篮子在菜场里跟人砍价的，穿着拖鞋在路边吃双皮奶的，短裤背心拿着扇子在街角打麻将的，都有可能是拥有几亿身家的富豪。

没有谁定义了幸福快乐是怎样的，反而越是多人沉醉其中的简单的幸福，才是真正的幸福。

鹤立鸡群被人仰望，总是孤独的充满表演成分的。

以前读大学的时候跟我同宿舍的一个女生便是顺德人，家财万贯，但我却是在几乎要毕业的时候才发现她的家境如此之好。当时，不够用心读书的她每到期末总是有多个科目挂掉要补考，因为毕业后要回家接手家中事业，现在想来她在学业中不积极也是理所当然的。但是，平时她跟我们一样排队吃盒饭，去超市买电热棒偷偷在宿舍里烧水洗澡，暑假的时候和大家一起挤

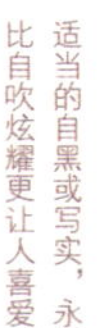

适当的自黑或写实，永远比自吹炫耀更让人喜爱。

着绿皮火车上北京看天安门，和我们吃泡面逛街买便宜的衣服，出手最阔绰的也就是她经常用来打游戏的那部电脑了。我们一起收获了大学里最美好的时光，说起那时候的快乐，她比谁都津津乐道。

加了文君的微信之后，我才发现她的生活原来如此；她显然不是属于那种有了成就就爱在别人面前显摆的人，她与朋友合资成立的影视公司已经拍了几部叫座的电影，她环游世界归来都是好几年前的事情了，如今她偶尔会在网上吐槽一下网购的不爽，也会突然就发一条要怎么解决孩子上课不专心听课的苦恼，跟朋友圈里其他婆婆妈妈的妇女们比起来，并没有两样。

我想，当成为一个与众不同的人已经让你觉得再怎么努力也总有人比你强的时候，不如心甘情愿地接受平凡中的快乐。

或者，换一种思路，回归生活原本真实的样子。你无须表演，也不用穿上盛装，轻松自如地过每一天。

有没有觉得，一篇小说，当它以“昨夜我住在逼仄的小旅馆里，只点了一个青菜和小炒肉……”开头，会比“那天我躺在五星酒店的私人泳池旁，喝一杯香槟……”的开头，更有看头吗？

生活如是。

而大众的心理亦如此，适当的自黑或写实，永远比吹嘘炫耀更让人喜爱。

走下神坛跟粉丝们走在一起的接地气的明星，总是有更多发展空间；而总是高高在上保持神秘感距离感的，粉丝们都快要不记得她们的名字了。不是每个人都能成为王菲的，更何况，王菲也有戴着口罩在香港街头扫便宜货的时候，明星亦如此，而你又凭什么说每天睡在欧洲高级酒店躺在大溪地沙滩上喝红酒或打飞的去米兰看时装周，就是一件幸福快乐的事情呢？

既然没有底气消失在大众的视线里，那不如就展示真实的自己。

这个世界，没有末路

zhe ge shi jie , mei you mo lu

终于下定决心，辞职了。

在最终得到家人的理解和支持后，我长长叹了一口气，好像自己的人生终于要改写一样兴奋，前途虽然仍然迷惘，但至少，走出了这一步。

让很多身边的人惋惜的是，高校教师，对于一个女孩子来说，是一份多么体面和安稳的职业，有两个漫长假期，并无多大压力，让无数人挤破门想要进去的编制内的事业单位的工作，正要面临升职的职位，竟然说不要就不要了。

有祝福的，有痛心的，更多的是来自支持者的声音……

一直以来我都是一个义无反顾的人，做事情凭着一股冲动，然而正是这种冲动，带动并保持了心底仍然热血沸腾尚未泯灭的年轻。

每个人的追求不一样，也许对于父辈们来说，一份安稳的工作，做一个平凡的人，是他们从动荡的年代里走出来的这一代人最热切的盼望。我也一直很理解他们，没有轻易做出这样的决定，辞职的想法，在脑海里盘旋了好

正是这种冲动，带动并保持了心底仍然热血沸腾尚未泯灭的年轻。

长一段时间，我常常问自己，长辈们担心什么，无非是担心失去了这份安稳的工作，我怎么养活自己，你需要向他们证明的只是：你辞掉工作，会过得更好，而且，你会过得更开心。

辞职并不是要去干一番惊天动地的事业，也不是拒绝平凡的生活，而是享受自己能控制的人生而已。

所以，想想，要怎样的人生，是坐在办公室里盖章看报纸应付无聊的人，还是走出来，按照自己的计划去做自己感兴趣的事情。想清楚了，再掂量一下自己，有没有这个能力。辞职是需要底气的，不是为了一时逞强，你要面对的远不止是维持生计那么简单。作为一个理智成熟的人，你要摸清自己的底子，能不能说服他人，能不能说服自己。我们不是一个人活在这个世界上，我们对自己的人生要有交代，对身边的人也要有交代。

辞职，影响了哪些人，都要考虑到。

只为了出一口气，为了一个基本上够不着的梦想就辞职，那是很自私的做法。

这世界，有很多事情我可能做不到，但唯有说走就走的旅行和奋不顾身的爱情，是我绝对可以做到的。我们这一代人，是强调自我的一代，叛逆被标上了特立独行的标签，忽略了很多爱，所以，才会有那么多不顾一切“辞职去旅行”的人。那些不旅行就没有精彩人生的理论误导着越来越多的年轻人，在他们的眼里，任何一个在办公室里正襟危坐的人，对这个世界都是没有贡献的，可是，没有他们，谁给你创造一个可以“面朝大海，春暖花开”的环境？没有他们，你怎么能够安心地坐在开往春天的火车上，看一本写给灵魂的书呢？

为什么辞职？

你的理由必须是带着责任的，人因为有了责任才会成长，那些叛逆世界的理由，说到 18 岁，就该停止了。你背叛了这个世界，你就伤害了身边最爱你的人，如果你不懂爱，你的存在对于这个世界完全没有意义。

我在递交辞职信的时候，郑重地跟同事们说，我想把我这个职位，让给更有需要的人，我不适合这里，我觉得我离开对于我的人生来说，是一个正确的选择，除了接下来要更加努力做事，我有足够的心理准备，去承担做这件事带来的所有后果，虽然接下来要走的路，方向还在摸索，但我不后悔。

我曾经在新书《念我旧时光》的自序中说过：旅行对于我来说，只是生活中的一部分，而不是全部，生活还有很多很多内容。

然而，很多人则会一厢情愿地认为，我辞职，是为了旅行。说句老实话，旅行，还没有这样的魅力，让我可以放弃一切。我从来不觉得，一趟旅行，

你是怎样的人，你看到的就是怎样的世界。

能够拯救灵魂，在这个人人都有机会去旅行的时代，还一味打着标签要“辞职去旅行”，是一件多可笑愚蠢的事情。你首先要问自己，你花了钱花了时间去旅行，得到了什么？如果只是一次炫耀，那就毫无意义，要知道，旅行对于大多数人来说，已经不再是奢侈的不可实现的事情。你是怎样的人，你看到的就是怎样的世界。一个暴发户，他周游世界回来仍然是一个暴发户，一个平庸的人，他去了一趟西藏回来，他看待这个世界仍然处于他自己的那个高度，灵魂未因此而升华，如果旅行不能改变你的想法，如果旅行中你本来就没有去思考这个世界，不管你走多远，你的眼界都永远停留在原地，你的眼光也只是停留在看到巴黎埃菲尔铁塔有多激动上。

换个角度，倘若旅行只是一次身心的休息，那一切都会不同。

这个时候，我甚至会觉得，一本好的书，远北一趟漫无目的的旅途，更有意义。有些人喜欢看现在市面上流行的书籍，觉得精彩的人生需要梦想，需要给自己树立一些遥不可及的悲壮目标，必须去征服北极、珠穆朗玛，然而梦想照进现实，要经历多少苦难，他们完全没有体会过。在温暖的被窝里想着在亚马孙丛林穿越，自身条件不足却还不努力读书，本来就不够聪明还自作聪明，整天嚷着要自由要梦想要属于自己的天空，最后连说服一个普通客户的底气都没有，这样的张狂，到一定的程度就要收了，不然被人取笑的同时，还伤了自己身边的人。

那天我下定决心递交辞呈，我跟朋友说："心在远方，向往自由。"

其实，辞职并不是我有太多抱负，我并没有创业打算，没有宏图伟业要去实现，想要自由，仅此而已。我所设想的以后的日子是这样的，我不需要为了赶早班车而六点钟爬起来，不用担心周一的早上有例会，不担心自己不舒服到了医院打点滴，却仍然接到需要处理的事情而慌神。

也许很多人会觉得这只是推卸责任的一个借口，我也反思过是不是这样，倘若我要面临的事情是我喜欢做的事情，又会是怎样？当我上面没有领导，我不需要看别人的脸色，又会是怎样？

又或者我想得太过理想，我自己也曾说过，先低到尘埃里，再开出花来。然而，当看不到开花希望的时候，是不是应该有所改变，有些种子注定是坏掉的，连芽都发不出来的，就好像，当有一天你在单位里爬到了更高的职位，开始跷着二郎腿指使身边更年轻的晚辈做事的时候，会快乐么？还是早上不需要记挂着这一天有会议，赖在床上等太阳出来之后期待一顿美好的午餐更让人觉得快乐？当然辞职后的生活远不如想象中的那么惬意、那么理想，对于普通人来说，没有哪一条路是平坦舒适的，但敢于做出选择，你才能找一条风景更美的路，走起来让自己赏心悦目。

我可以按照我自己设定的日程安排所有事情，坐在人不多的地铁里，或者空荡荡的公车上，去我想要去的地方；我可以从容地在别人下班之前，去超市，去商场，去银行；我可以在从容不迫地做完这些事情之后，获得一份美好的心情。我再也不用安排周末去旅行，不用寒暑假跟孩子们去争火车票，不用坐半夜抵达的航班，不用为了赶上班时间飞到某国住一晚酒店便美其名曰度假归来。而是，我可以宅在家里好几天不出门，也可以从容地在工作日出行；我可以选择在最美好的季节里出发，看到最适合的景色……

我可以，把自己曾经的梦想变为现实。

虽然，这一切看起来还很遥远，但辞职，是第一步。

最近总是有特别多的朋友约我吃饭，他们很好奇，辞职对于他们来说，蠢蠢欲动但终于未付之行动，他们想看看我这个在他们身边算第一个吃螃蟹的人，是不是仍然过得很悠然，抑或是很潦倒，然后对他们能有多少参考的价值。他们会问我，辞职之后，会去做什么？有些不了解我的，也许就笑几句，真要辞职去旅行啊？我只能回答他们，我辞职，但不是辞职去旅行。做一个旅行家并不是我的梦想，而且，我一直认为在这个时代，不会存在真正的旅行家。那些企图把旅行变成利益的人，都会误导很多年轻人。让他们以为，这世界上真有那么一种职业，可以不劳而获。

世界上没有不劳而获的事情，在江湖混，终有一天是要还的，得与失，要慎重去衡量。辞职，是一个形式，去旅行，是生活的一个简单调剂，但是我不会违心地跟大家说，我的辞职跟旅行一点关系都没有，按照我目前的计划，旅行所占的比重并不大，每个月可能会有一次出行。不再接受浪费时间的玩闹性质的旅行活动，其余是写书稿，做专题策划，不浪费每一次出行，

这个世界，没有末路的。

也珍惜每个月余下的在家整理写作思路的时间。当然，偶尔也会参与些小型的商业活动和公益旅行，会帮朋友做一些相关的项目，会为了一本书的策划选题，而去一些特定的地方做采访，很久……前进的脚步如果遇到阻滞，那就停歇半年，这半年或许去学一门外语，或许就在家里帮妈妈做饭……

看起来并不比上班闲，但绝对不是收拾行李立即要出发的状态。

辞职的事情在单位里传开了，虽然平时做事都是我行我素，但很少在朋友和同事面前宣扬自己的想法。理想不同何必强融，但是，毅然辞掉学校的工作，还是让很多人突然发现，在他们的身边竟然还有这样一个不顾一切的人，这个人在他们的印象里，很乖很听话没有脾气，但却做了一件他们骨子里一直想做但终究没有勇气去做的事情。让人刮目相看的同时，当然少不了很多人在心里嘀咕，这个姑娘太不懂事，很蠢。

有时候一觉醒来，会觉得空虚，我真的离开了吗？我以后真的自由了吗？觉得不可思议。但事实已经如此，会穷一段时间吧？我想，但是有钱花的日子可以好好花钱，没钱花的日子也有没钱花的过法，只要身体和心情保持积极向上就够了。

这个世界，没有末路的。

因为天气的原因半夜滞留在南京禄口机场，我拿出电脑开始敲打这篇文章，戴上耳塞一边写一边听歌，我看见周围那些沉不住气的乘客跟工作人员开始吵闹，一些焦急的乘客开始在登机口不断地踱步。也许，对于他们来说，明日还有很多重要的事情要做，耽误时间就等于耽误了生命，我却庆幸，我还有这样一份淡定与从容。

也许，这样一种状态，会让自己的思考变得更有空间，自己所做的一切，无非是为了让自己的身心更加愉悦罢了，而生活的全部追求，不就是为了得到这样一份愉悦么？

图书在版编目（C I P）数据

生活，总会给你答案 / 七月娃娃著. -- 北京：台海出版社，2017.7
ISBN 978-7-5168-1460-4
Ⅰ. ①生… Ⅱ. ①七… Ⅲ. ①随笔－作品集－中国－当代 Ⅳ. ①I267.1
中国版本图书馆CIP数据核字(2017)第150331号

生活，总会给你答案

著　　者：七月娃娃

出　　品：科文图书　　责任编辑：俞滟荣　　封面设计：格・创研社
监　　制：薛　婷　　责任印制：蔡　旭　　版式设计：弘果文化
策　　划：池　苑

出版发行：台海出版社
地　　址：北京市东城区景山东街 20 号　　邮政编码：100009
电　　话：010-64041652（发行，邮购）
传　　真：010-84045799（总编室）
网　　址：www.taimeng.org.cn/thcbs/default.htm
E - mail：thcbs@126.com

经　　销：全国各地新华书店
印　　刷：小森印刷（北京）有限公司
本书如有破损、缺页、装订错误，请与本社联系调换

开　　本：880mm × 1230mm
字　　数：168千字　　印　　张：8.75
版　　次：2018年1月第一版　　印　　次：2018年1月第一次印刷
书　　号：ISBN 978-7-5168-1460-4

定价：49.80 元